आधुनिक त्रिपुरा के शिल्पकार

महाराजा बीर बिक्रम किशोर माणिक्य

आधुनिक त्रिपुरा के शिल्पकार

महाराजा बीर बिक्रम किशोर माणिक्य बहादुर
(1908-1947)

बिप्लब कुमार देब
मुख्यमंत्री, त्रिपुरा

प्रभात प्रकाशन, दिल्ली
ISO 9001:2015 प्रकाशक

प्रकाशक • **प्रभात प्रकाशन**
4/19 आसफ अली रोड,
नई दिल्ली-110002

संस्करण • प्रथम, 2019
मूल्य • तीन सौ रुपए
मुद्रक • आर-टेक ऑफसेट प्रिंटर्स, दिल्ली

ADHUNIK TRIPURA KE SHILPKAR
MAHARAJA BIR BIKRAM KISHORE MANIKYA
by Shri Biplab Kumar Deb ₹ 300.00
Published by Prabhat Prakashan, 4/19 Asaf Ali Road, New Delhi-2
e-mail: prabhatbooks@gmail.com ISBN 978-93-5322-312-0

[भारत के राजपत्र के भाग II, खंड 3, उप-खंड (II) में प्रकाशन हेतु]

भारत सरकार
नागर विमानन मंत्रालय

बी-ब्लॉक, राजीव गांधी भवन,
सफदरजंग हवाई-अड्डा, नई दिल्ली

अधिसूचना

एतद्द्वारा यह अधिसूचित किया जाता है कि त्रिपुरा में अगरतला हवाई-अड्डे का पुनर्नामकरण करके तत्काल प्रभाव से 'महाराजा बीर बिक्रम हवाई-अड्डा, अगरतला' किया जाता है।

(अरुण कुमार)
संयुक्त सचिव, भारत सरकार
दिनांक, 2 अगस्त, 2018

(फा.सं. एवी-24032/60/2018-भाविप्रा-नाविम)

सेवा में
प्रबंधक,
भारत सरकार प्रेस
मायापुरी, रिंग रोड,
नई दिल्ली

आधुनिक त्रिपुरा के नायक महाराज बीर बिक्रम किशोर माणिक्य

भारत देश का कोना-कोना अपने भीतर गौरवशाली इतिहास समेटे हुए है, लेकिन इसे सँजोने में भेदभाव बरता गया। शौर्य, पराक्रम, संघर्ष और बलिदान को भी विचारधारा विशेष की तराजू पर तौला गया और फिर उसे दुनिया के सामने पेश किया गया। फलस्वरूप, ऐसे अनगिनत सूरमाओं के जीवन-चरित्र को या तो कोख में ही दफनाने का प्रयास किया गया या फिर उसे सार्वजनिक पटल से ओझल करने का हर जतन किया गया। आधुनिक त्रिपुरा के शिल्पकार महाराजा बीर बिक्रम किशोर माणिक्य 'विचारधारा विशेष' की अवहेलना के शिकार ऐसे ही शूरवीर थे, जिनके योगदान को तमाम प्रयासों के बावजूद 'राष्ट्र पटल' से ओझल नहीं किया जा सकता। वह तो भला हो माननीय प्रधानमंत्री श्री नरेंद्र मोदीजी का, जिन्होंने 'भूले-बिसरे' बना दिए गए देश के महान सपूतों को उनका असली सम्मान व विशिष्ट पहचान देने का बीड़ा अपने हाथ में उठाया है। यह किताब इसी सिलसिले की एक कड़ी है। इसमें ऐसे ही एक नायक के जीवन-चरित्र को दर्शाया गया है, जिसने बीसवीं सदी की शुरुआत में त्रिपुरा को न सिर्फ आधुनिक त्रिपुरा बनाने का सपना देखा, बल्कि उसके लिए तमाम कदम भी उठाए, लेकिन इस विकासवादी नायक को लंबे समय तक राष्ट्रीय परिदृश्य से ओझल रखा गया। मगर प्रधानमंत्री श्री नरेंद्र मोदीजी ने अगरतला हवाई

अड्डे का नाम बदलकर 'महाराजा बीर बिक्रम किशोर माणिक्य' के नाम पर करके आधुनिक त्रिपुरा का सपना देखने वाले इस नायक को अतुलनीय सम्मान प्रदान किया है। इससे महाराजा के व्यक्तित्व को लंबे समय तक समाज के बीच 'यादगार' बनाने में मदद मिलेगी। वैसे देश के सर्वश्रेष्ठ सम्मान 'भारत रत्न' अथवा पद्म पुरस्कारों को प्रदान करने का मामला हो या प्रमुख स्थलों के नामकरण का, पीएम श्री मोदीजी ने खास एवं परिवार विशेष के बजाय समाज के आम और गुमनाम नायकों के नामों को ही तरजीह दी है। प्रधानमंत्री की अध्यक्षता में केंद्रीय कैबिनेट के एक फैसले के बाद भारत सरकार के नागरिक विमानन मंत्रालय ने 3 अगस्त, 2018 को तत्काल प्रभाव से अगरतला हवाई अड्डे का नाम बदलकर महाराजा बीर बिक्रम किशोर माणिक्य हवाई अड्डा रखा है।

राजशाही के तहत त्रिपुरा का राजा होने के बावजूद महाराज बीर बिक्रम किशोर माणिक्य ने अपने शासनकाल में लोकतांत्रिक मूल्यों को विशेष तवज्जो दी। उनके द्वारा 9 मार्च, 1942 को एक नोटिफिकेशन के जरिए जनसुनवाई के लिए चलने वाले त्रिपुरा दरबार का नाम बदलकर त्रिपुरा सरकार रखा गया था। राष्ट्रीयता उनमें कूट-कूटकर भरी हुई थी। 17 मार्च, 1939 को कोलकाता में, त्रिपुरा हितसाधनी सभा के संबोधन में महाराजा बीर बिक्रम ने कहा था, 'जननी जन्मभूमि स्वर्ग से भी सुंदर है।' इस सभा का कार्य महिलाओं में शिक्षा का प्रसार करना था। त्रिपुरा का राष्ट्र के साथ जुड़ाव करने के लिए महाराजा ने राज्य में पहली बार राष्ट्रीय ध्वज का चलन आरंभ किया। महाराजा दूरदर्शी सोच के धनी थे। इसका अंदाजा इसी बात से लगाया जा सकता है कि विश्वस्तरीय कवि रबींद्रनाथ ठाकुर की महानता को सबसे पहले उन्होंने ही पहचाना और वर्ष 1941 में अगरतला में एक बड़ा आयोजन कर उन्हें 'भारत भास्कर' सम्मान से अलंकृत किया। महाराजा बीर बिक्रम को कला, साहित्य एवं संस्कृति से भी बेहद लगाव था। कोलकाता स्थित विश्व भारती के संगीत भवन के विस्तार के लिए उन्होंने वर्ष 1931 में 25 दिसंबर

को 20,000 हजार रुपए की राशि दान की थी। उनका शासन न्यायप्रिय था। शासन में धर्म और वर्ग का भेद नहीं था। उनके न्यायप्रिय शासन की सराहना स्वयं राष्ट्रकवि रबींद्रनाथ ठाकुर ने भी की है। 'भारत भास्कर' सम्मान ग्रहण समारोह के लिए भेजे अपने पत्र में उन्होंने बीर बिक्रम के शासन को न्यायप्रिय बताते हुए लिखा था, "यहाँ एक निश्चित कारण है, आज की मेरी खुशी का। महाराजा ने शोषित, पीड़ित और विस्थापितों को रहने के लिए जगह दी। इस कार्य के बाद आज का महाराज अलग किस्म का महाराज है। वे लोगों के दिलों पर छा गए हैं।" महाराजा बीर बिक्रम का जन्म 19 अगस्त, 1908 को हुआ था। त्रिपुरा के महाराजा के रूप में वर्ष 1923 से 1947 तक उन्होंने मात्र 24 वर्ष शासन किया, लेकिन इतने अल्प समय में ही उन्होंने त्रिपुरा का परिचय आधुनिक विकास से करा दिया था। भारत में ब्रिटिश राज रहते हुए भी त्रिपुरा को स्वतंत्र एवं संप्रभु माना गया। इसे बीर बिक्रम की शख्सियत से भी जोड़कर देखा जाता है। उन्हें सैन्य उपाधि से भी नवाजा गया था। अगरतला में हवाई-अड्डा बनाने के लिए भूमि प्रदान करने की बात हो या त्रिपुरा को आधुनिक हथियारों से लैस सैन्य ताकत बनाने का मामला, महाराजा बीर बिक्रम ने इन विषयों में अनुकरणीय कार्य किए हैं। समाज निर्माण में शिक्षा के महत्त्व को समझते हुए महाराजा बीर बिक्रम किशोर माणिक्य ने अपने शासन में प्राथमिक शिक्षा को सभी के लिए अनिवार्य बनाया। इसके अलावा महाराजा ने शहरीकरण, उद्योग, शिक्षा, कृषि, प्रशासन, स्वास्थ्य सेवा, ग्राम पंचायत, न्याय और विदेशों से संबंध स्थापित करने के मामले में बहुत से उल्लेखनीय कार्य ऐसे समय में किए, जब देश विकास से कोसों दूर था। आधुनिक विकास के लिए उनकी सोच पर उनके विदेशी दौरों का प्रभाव नजर आता है। महाराजा का दायित्व सँभालने के बाद बीर बिक्रम किशोर ने दो बार यूरोपीय देशों की यात्रा की। द्वितीय विश्वयुद्ध के साए में भी उन्होंने परिवार संग विश्व-भ्रमण किया। त्रिपुरा को आधुनिक शक्ल देने के लिए महाराजा बीर बिक्रम किशोर माणिक्य के प्रयासों पर पुस्तक में विस्तृत जानकारी दी

गई है, ताकि वर्तमान पीढ़ी महाराजा की विकासवादी सोच को समझकर उसे आगे बढ़ा सकें।

त्रिपुरा राज्य का भारत में विलय बेशक 15 अक्तूबर, 1949 में हुआ, मगर महाराजा बीर बिक्रम माणिक्य ने भारत में त्रिपुरा के विलय की अपनी इच्छा से महारानी कंचनप्रभा देवी को पहले ही अवगत करा दिया था। महाराजा की इच्छा के अनुरूप महारानी ने त्रिपुरा का भारत में विलय करने का निर्णय लिया। महाराजा की मृत्यु देश की आजादी से तीन माह पूर्व 17 मई, 1947 को हुई थी, लेकिन इससे पूर्व ही वे आधुनिक त्रिपुरा के लिए जरूरी बुनियादी कार्यों की शुरुआत कर चुके थे।

—बिप्लब कुमार देब
मुख्यमंत्री, त्रिपुरा

अनुक्रम

प्रस्तावना
आधुनिक त्रिपुरा के नायक महाराज बीर बिक्रम किशोर माणिक्य *7*

1. आधुनिक त्रिपुरा का इतिहास 13
2. जननायक 25
3. मानवीय शासन 34
4. प्रशासन 39
5. शिक्षा व्यवस्था 52
6. अर्थव्यवस्था 57
7. त्रिपुरा के अनानास की उस वक्त भी थी धूम 66
8. कला, साहित्य, संगीत और वास्तु प्रेम 68
9. ब्रिटिश शासन एवं संप्रभु त्रिपुरा 72
10. विदेश नीति एवं यात्रा 80
11. सम्मान एवं पुरस्कार 88
12. सैन्य शक्ति 93
13. बाल्यकाल एवं व्यक्तिगत जीवन 109
14. रबींद्र नाथ ठाकुर के साथ संबंध 116
15. त्रिपुरा ही नहीं, पूरे पूर्वोत्तर भारत का चेहरा रहे 120

संदर्भ *126*

आधुनिक त्रिपुरा का इतिहास

त्रिपुरा के आधुनिक युग की शुरुआत यों तो वर्ष 1896 में महाराजा राधा किशोर माणिक्य के शासन में हो गई थी। मगर उसे सही मायने में महाराजा बीर बिक्रम माणिक्य ने अपने 24 वर्ष के शासन काल में मूर्त रूप दिया। राधा किशोर माणिक्य ने सर्वप्रथम नगर निगम की स्थापना की। उसके बाद उन्होंने जन्म और मृत्यु का वास्तविक आँकड़ा जानने के लिए जन्म-मृत्यु रजिस्टर की व्यवस्था की शुरुआत की। इसके अलावा सड़क और नालियों की लगातार सफाई और स्वच्छता की व्यवस्था की। उन्होंने वर्ष

महाराजा बीर बिक्रम के शासन काल में निर्मित गोलबाजार, अगरतला

1900 में मिट्टी तेल के लालटेन से अगरतला की सड़कों को रोशन किया। चूँकि राधा किशोर माणिक्य की वर्ष 1909 में बनारस में एक सड़क दुर्घटना में मृत्यु हो गई थी, इसलिए उनके पुत्र बीरेंद्र किशोर माणिक्य ने वर्ष 1909 से अगस्त 1923 तक शासन चलाया। उनके शासन में भी आधुनिक त्रिपुरा का कामकाज आगे बढ़ता रहा। बीरेंद्र किशोर माणिक्य के शासन में राज्य सिविल सेवा की शुरुआत हुई।

इसके अलावा उनके शासन में वर्ष 1916 में बर्मा ऑयल कंपनी लिमिटेड को खनिज खनन का लाइसेंस प्रदान किया गया। बीरेंद्र किशोर माणिक्य ने कुंजबन पैलेस, लक्ष्मी नारायण मंदिर और दुर्गाबाड़ी का निर्माण करवाया। इनके शासन में 40 चाय बागान बनाए गए।

13 अगस्त, 1923 को महाराजा बीरेंद्र किशोर की मृत्यु के बाद 14 अगस्त, 1923 को महाराज बीर बिक्रम किशोर माणिक्य को राज्य की कमान मिली। उस वक्त बीर बिक्रम किशोर माणिक्य की उम्र महज 15 वर्ष थी। इसलिए राजकाज चलाने के लिए मंत्रिमंडल का गठन किया गया। नबदीप चंद्र देब की अध्यक्षता में 9 दिसंबर, 1923 को मंत्रिमंडल गठन के बाद

सचिवालय भवन, वर्ष 1929

महाराजा बीर बिक्रम अपनी शिक्षा और ट्रेनिंग पूरी करने चले गए। महाराजा बीर बिक्रम की शिक्षा और प्रशासनिक ट्रेनिंग लेफ्टिनेंट कर्नल ओसी पूले की देख-रेख में पूरी हुई। 19 अगस्त, 1927 से 19 वर्ष की आयु में बीर बिक्रम ने त्रिपुरा राज्य की सत्ता पूर्ण रूप से सँभाली। हालाँकि शास्त्र विधि से उनका राज्याभिषेक 29 जनवरी, 1928 को संपन्न हुआ। उनके राज्याभिषेक का आयोजन करीब पाँच दिन तक चला था। राज्याभिषेक आयोजन में शामिल होने के लिए अतिथि और मेहमान करीब एक सप्ताह पहले से ही अगरतला पहुँचने लगे थे। राज्याभिषेक आयोजन में शामिल होने के लिए लोगों का आलम यह था कि अखौरा रेलवे स्टेशन पर इस दौरान 80 हजार टिकटों की बिक्री हुई। ब्रिटिश सरकार के अलावा देश के विभिन्न प्रांतों और यहाँ तक कि विदेशों से भी लोग महाराजा बीर बिक्रम के राज्याभिषेक कार्यक्रम में पहुँचे थे। महाराजा बीर बिक्रम की दूरदर्शी सोच और आधुनिक विकास के प्रति उनके स्वप्न की पहचान सत्ता सँभालने के बाद उनकी पहली यात्रा से ही नजर आने लगती है। 29 जनवरी, 1928 को राजकाज सँभालने के बाद बीर बिक्रम ने 18 अगस्त, 1928 को अपनी पहली यात्रा अपने सबसे बड़े जमींदारी वाले स्थान ब्रिटिश (त्विप्रा) कोमिला की की। उनकी कोमिला यात्रा में लोकतांत्रिक पहल की भी झलक मिलती है। राजा होने के बावजूद महाराजा बीर बिक्रम ने कोमिला में अधिकारियों, तालुकदार एसोशिएसन और अन्य प्रतिनिधि संस्थाओं से सीधी बातचीत की तथा उनके सवालों का जवाब दिया। उनके इस कदम से आमजन में उनकी छवि काफी महान बनी। उसके बाद उन्होंने मंदिरों, मस्जिदों, स्कूलों, कॉलेजों और पुस्तकालयों के दौरे किए। इन स्थानों पर उन्हें जनता से पुरजोर अभिवादन मिला। इस दौरे के अंत में महाराजा ने जन हितैषी कार्यों के लिए 63,000 रुपए के दान की घोषणा की। अपना नजरिया व्यापक बनाने के मकसद से महाराजा बीर बिक्रम ने मसूरी, शिमला, दिल्ली और आगरा की यात्रा की। 16 जनवरी, 1929 को वे बलरामपुर, उत्तर प्रदेश के स्वर्गीय महाराजा सर भगवती प्रसाद सिंह बहादुर की पुत्री कीर्तिमति

संग विवाह बंधन में बँधे। अपनी सोच व्यापक बनाने और शिक्षा का दायरा बढ़ाने के मकसद से महाराजा बीर बिक्रम ने अपनी पहली यूरोप यात्रा की शुरुआत 20 जनवरी, 1930 को अगरतला से की। बॉम्बे के रास्ते वे 1 फरवरी, 1930 को यूरोप रवाना हुए। त्रिपुरा में आधुनिक विकास के युग की शुरुआत यहीं से मानी जाती है।

त्रिपुरा को आधुनिक विकास से परिचित कराने के साथ महाराजा बीर बिक्रम ने समाज निर्माण पर भी ध्यान दिया। शिक्षा के महत्त्व को समझते हुए उन्होंने राज्य में प्राथमिक शिक्षा को अनिवार्य बनाया। अपने शासन में उन्होंने सर्वप्रथम जो विधेयक पारित करवाया, वह 'प्राथमिक शिक्षा बिल 1931' था।

वर्ष 1929 में महाराजा बीर बिक्रम के जरिए अगरतला में बनवाया गया जैक्शन गेट

त्रिपुरा को नशामुक्त बनाने के लिए उन्होंने अफीम के सेवन पर पाबंदी लगाई, तो शादी-ब्याह और अन्य सामाजिक उत्सवों के अवसर पर होने वाले शराब के सेवन पर भी रोक लगाई। स्पष्ट है कि त्रिपुरा को 'नशा मुक्त' बनाने का संकल्प महाराजा बीर बिक्रम किशोर माणिक्य ने करीब 90 वर्ष पूर्व अपने शासन में लिया था। त्रिपुरा में राष्ट्रीय एकता और हिंदू संस्कृति को बढ़ावा देते हुए महाराजा बीर बिक्रम ने अपनी दूरदर्शिता और सिद्धांत से राज्य में 'नव भारत' के निर्माण का कार्य प्रारंभ किया। अगरतला शहर के लिए उन्होंने नई योजनाएँ बनाई। लैंड रिफॉर्म की शुरुआत के साथ उन्होंने जनजाति समुदाय के लोगों के लिए बड़ी मात्रा में भूमि आरक्षित की।

त्रिपुरा में अगरतला हवाई-अड्डा बनाने के साथ शहर में पहला नगर निगम बनाने का श्रेय भी महाराजा बीर बिक्रम को जाता है। शिक्षा में सुधार के लिए स्कूलों के निर्माण के अलावा उन्होंने त्रिपुरा में पहले विश्वविद्यालय की शुरुआत की। उनके शासन में लड़कियों को नि:शुल्क शिक्षा के अवसर प्रदान किए गए। त्रिपुरा में साक्षरता की ऊँची दर के लिए महाराजा बीर

राजपरिवार के लिए उपयोग होने वाली शाही गाड़ी

बिक्रम के प्रयासों को ही श्रेय दिया जाता है। शहर के अस्पतालों में उन्होंने प्रसूति केंद्र बनाने के साथ स्वास्थ्य सेवा के आधुनिक यंत्रों का उपयोग शुरू कराया। महाराजा बीर बिक्रम किशोर माणिक्य के शासन में शिक्षा, स्वास्थ्य और स्वच्छता पर होने वाले खर्च के मद में काफी वृद्धि देखी जाती है। सड़क आदि इंफ्रा क्षेत्र की परियोजनाओं पर भी महाराजा ने राशि बढ़ाकर दोगुनी कर दी थी। सड़क निर्माण के लिए राशि जुटाने के लिए उन्होंने विशेष रोड फंड बनाया। संवेदनशील शासक की तरह उन्होंने अपनी निजी और यात्रा खर्च में भी कटौती की, ताकि जनहितैषी कार्यों को अंजाम दिया जा सके।

द्वितीय विश्वयुद्ध की वजह से राज्य में छाई आर्थिक मंदी से उबरने के लिए महाराजा ने सरकारी फैक्टरी का संचालन शुरू किया, ताकि अर्थव्यवस्था को बल मिलने के साथ लोगों को रोजगार मिल सके। 1938 में सरकार ने 'महाराजा माचिस फैक्टरी' की स्थापना की, जिसकी मालिक खुद सरकार थी। लघु एवं हथकरघा उद्योग के उत्पादों को बिक्री का अवसर प्रदान करने के लिए 1939 में दुर्गा पूजा के समय महाराजा ने औद्योगिक प्रदर्शनी लगवाई। पर्यटकों तथा सरकारी व निजी व्यवसाय के लिए अगरतला आने वाले लोगों की सुविधा के लिए उन्होंने वर्ष 1941 में अगरतला में खोश महल होटल खुलवाया। इसके अलावा जनता को मनोरंजन की सुविधा प्रदान करने के लिए दो सिनेमा हॉल भी बनाए गए।

भारत में शामिल होने से पहले त्रिपुरा में लंबे समय से राजशाही का ही शासन था। त्रिपुरा के शासक महाराजाओं का उपनाम 'माणिक्य' था। माणिक्य वंश का शासन त्रिपुरा में करीब 750 वर्षों से ज्यादा तक रहा।

सामाजिक विकास

प्रधानमंत्री श्री नरेंद्र मोदीजी की तरह महाराजा बीर बिक्रम किशोर माणिक्य के शासन में भी सामाजिक विकास की थीम 'सबका साथ, सबका विकास' वाली थी। विकास के मामले में महाराजा ने कोई भेदभाव नहीं

किया। सभी धर्म एवं वर्ग के लोगों का विकास उन्होंने समान रूप से करने का प्रयास किया। बल्कि समाज के अंदर की बुराइयों को भी दूर करने का महाराजा बीर बिक्रम ने प्रयास किया। आधुनिक विकास के साथ वे समाज का नैतिक विकास भी करना चाहते थे। इसके लिए उन्होंने वर्ष 1932 में शराबबंदी का निर्णय लिया।

महारानी तुलसीबती स्कूल (वर्ष 1940), अगरतला

त्रिपुरी समाज में शादी-ब्याह और सामाजिक उत्सवों में पहले शराब का चलन जोरों पर था। महाराजा बीर बिक्रम ने कहा कि यह राज्य के लिए अमंगल है। इसके रहते राज्य का विकास नहीं हो सकता है। इसलिए उन्होंने शराबबंदी के लिए अभियान चलाया। महाराजा ने वर्ष 1941 में त्रिपुरा सरकार के अधिनियम के उपनियम 44 के जरिए अफीम के सेवन पर पाबंदी लगाई। इससे पता चलता है कि महाराजा बीर बिक्रम किशोर माणिक्य त्रिपुरा को नशामुक्त बनाने के लिए कितने गंभीर थे।

वैरागी परंपरा को कम करने की पहल

राज्य की जमातिया जनजाति में वैराग्य की परंपरा थी। वैराग्य लेने वाला व्यक्ति बिना शादी-ब्याह किए गृहस्थ जीवन से दूर अपना जीवन व्यतीत करता था। महाराजा अपनी यात्रा के दौरान हमेशा डायरी लिखते थे। वर्ष 1927 में उदयपुर-सोनामुरा की यात्रा के दौरान महाराजा ने वैरागी परंपरा को कम करने का प्रयास किया। जिसका जिक्र उनकी डायरी में भी मिलता है। दरअसल उनके मंत्रिपरिषद ने उनको सुझाव दिया था कि जमातिया समाज में वैराग्य की परंपरा है, जिसकी वजह से लोग शादी-ब्याह नहीं कर रहे हैं। इससे एक तो जनसंख्या वृद्धि प्रभावित होगी; साथ ही लिंगानुपात पर भी असर होगा। इसके बाद महाराजा ने खुद इस परंपरा को कम करने की पहल की।

पहले सूखी मछली बेचना या हाथी का महावत बनना हेयदृष्टि से देखा जाता था। इस कारण उस पर पाबंदी थी। सो वर्ष 1939 में महाराजा बीर बिक्रम किशोर माणिक्य ने पहाड़ी क्षेत्रों में कार्य करने वाले समाज के प्रमुखों को इस पाबंदी को हटाने एवं समाज में सबको एक समान मानने के निर्देश दिए और कहा कि सभी लोग व्यवसाय की ओर ध्यान दें। त्रिपुरा के सामाजिक और आर्थिक विकास के लिए सामान्य प्रशासन ने बहुत महत्त्वपूर्ण कदम उठाते हुए सोशल मद 'इंफ्रास्ट्रकचर' बनाया। उन्हें मालूम था कि इसके विस्तार और इसे आधुनिक बनाए बिना प्रशासनिक उत्कृष्टता नहीं बढ़ सकती थी। एक अन्य महत्त्वपूर्ण कदम के तहत महाराजा बीर बिक्रम किशोर माणिक्य ने मानव संसाधन की गुणवत्ता बढ़ाने पर जोर दिया। उन्होंने शिक्षा, स्वास्थ्य और स्वच्छता के विस्तार पर ध्यान केंद्रित किया। इससे पहले स्वच्छता पर विशेष ध्यान नहीं दिया गया था। जनता को सस्ते दर पर अनाज मुहैया हो, इसके लिए महाराजा बीर बिक्रम किशोर माणिक्य ने अपने शासन में उचित व्यवस्था की शुरुआत की, ताकि राज्य के गरीबों को सस्ता भोजन मिल सके। उन्होंने राशन कूपन की शुरुआत की। साथ ही यह नियम बनाया कि जिस परिवार की मासिक आमदनी 250 रुपए से ज्यादा है, उसे राशन

कूपन नहीं मिलेगा। राशनखोरी और भ्रष्टाचार को रोकने के लिए महाराजा ने कड़े नियम बनाए। राशनखोरों के खिलाफ कड़े नियम की व्यवस्था के साथ इस बात के प्रावधान थे कि यदि किसी की दुकान और भंडार में राशन है और वह जनता को मुहैया नहीं करा रहा है तो ऐसे लोगों को तीन साल की सजा होगी और जुर्माना भी देना होगा। इन प्रयासों में अंत्योदय, यानी अंतिम आदमी तक विकास की लौ पहुँचाने की महाराजा बीर बिक्रम किशोर माणिक्य की ललक झलकती है।

भाषा का सम्मान

महाराजा बीर बिक्रम किशोर माणिक्य के शासन में त्रिपुरा की राजभाषा बांग्ला थी। वर्ष 1938 में 22वें बांग्ला साहित्य सम्मेलन के उद्घाटन संबोधन में राज्य की भाषा को स्पष्ट करते हुए महाराजा बीर बिक्रम किशोर माणिक्य ने कहा, "त्रिपुरा राज्येर राष्ट्र भाषा जे बांग्ला आपनारा अबोगत आछेन," यानी कि जनता से उन्होंने पूछा कि त्रिपुरा राज्य की राष्ट्र भाषा बांग्ला है, उससे आप लोग अवगत हैं। साथ ही महाराजा बीर बिक्रम कॉकबरक भाषा का भी पूरा सम्मान करते थे और उसे बढ़ावा देते थे। सतनामी रियांग समुदाय से ताल्लुक रखने वाले खुशी कृष्ण, रियांग समुदाय के एक प्रमुख नेता थे। उन्होंने वर्ष 1942 में कॉकबरक भाषा में 33 धार्मिक गीतों का संग्रह किया। उसे 'त्रिपुरा खा-खचांगमा खूबेर बोई' नाम से प्रकाशित किया।

वन्य जीवन संरक्षण

महाराजा बीर बिक्रम किशोर माणिक्य केवल शासक ही नहीं बल्कि पर्यावरण हितैषी भी थे। वर्ष 1937 में उन्होंने वन एवं वन्य जीव संरक्षण कानून को लागू किया, जो लंबे अरसे से लंबित पड़ा था। जीव संरक्षण के लिए पशुओं की बिक्री और राज्य के बाहर उसका निर्यात पूरी तरह से प्रतिबंधित था। इस कानून का उल्लंघन करने वालों पर 1000 रुपए का

जुर्माना, एक माह की जेल या फिर दोनों ही दंड लागू होते थे। इस कानून को जमीन पर अमल करने के लिए 1938 में एक अलग विभाग बनाया गया, जिसका नाम 'रिजर्व फोरेस्ट प्लांटेशन और अफोरेस्टेशन विभाग' रखा गया। नंदलाल देब बर्मा इस विभाग के प्रमुख बनाए गए थे।

यही नहीं, अपने राज्य के चारागाह स्थलों तक का संरक्षण करने के लिए महाराजा बीर बिक्रम ने नियम बनाए हुए थे। वर्ष 1939 में उन्होंने राज्य के बाहर से आकर चारागाहो का उपयोग करने वाले मवेशी मालिकों से कर वसूलने का प्रावधान किया। इसके लिए 'घसूरी कर' लगाया गया था।

महाराजा बीर बिक्रम किशोर माणिक्य

धार्मिक कुप्रथाओं के खिलाफ

महाराजा बीर बिक्रम किशोर माणिक्य धर्म के नाम पर चल रही कुप्रथाओं के खिलाफ थे। उन्होंने वन क्षेत्र में रहने वाले लोगों का भी खयाल रखा। वे किसी धर्मांधता या अंधभक्ति का शिकार न बनें, इसके लिए सरकार की ओर से विशेष दिशा-निर्देश जारी किए गए थे। वर्ष 1929 में राज्य प्रशासन ने वनक्षेत्र में रहने वाले हिंदुओं के लिए दिशा-निर्देश जारी करते हुए उनसे कहा था कि साधु या धर्मगुरु का कार्य शुरू करने वाले को पहले महाराजा से अनुमति लेनी होगी। दरअसल वैष्णव धर्म के कुप्रभाव के मद्देनजर एक समुदाय विशेष में वैराग्य ग्रहण करने की परिपाटी शुरू हो गई थी। महाराजा बीर बिक्रम ने लोगों से इस प्रथा से दूरी बरतने का आह्वान किया। उन्होंने वैष्णव धर्म गुरुओं को भी सलाह दी कि वे धर्म के नाम पर चल रही गलत प्रथाओं को बंद कराएँ। राज्य में धार्मिक सद्भाव के लिए वर्ष 1941 में 'प्रीति वर्धक समिति' का गठन किया।

नागरिकों के लिए सम्मान

महाराजा बीर बिक्रम किशोर माणिक्य ने अपने सभ्य समाज के लिए सम्मान की व्यवस्था शुरू की थी। राज्य के परम आदरणीय, ज्ञानी और सम्मानित जन, जोकि राज के वफादार होते थे, ऐसे नागरिकों को 'मान्यवर' और 'महामान्यवर' का सम्मान प्रदान किया जाता था। उन्होंने अपने कर्मचारियों के लिए 'कर्मबीर', 'कर्माध्यक्ष' और 'कर्मनिष्ठा' नाम से पुरस्कार शुरू किए। वे प्रशासन में अधिक से अधिक ऊर्जावान लोगों को बढ़ावा देते थे। वे प्रखर वक्ता भी थे। अपने उत्साही संबोधनों के जरिए वे समाज को सकारात्मक दिशा देते थे। मुद्दे चाहे सामाजिक बुराइयों को लेकर रहे हों या समाज में सद्भाव बढ़ाने के मामले, राजा ने हर अवसर पर आगे बढ़कर आमजन को राह दिखाने का प्रयास किया। विभिन्न अवसरों पर उन्होंने जिला बोर्ड, नगर निगम, जन संस्थाओं, खदीमूल इस्लाम, अंजुमन-

ए-इस्लामिया, हिंदू महासभा, विधवा विवाह संस्थान, व्यापारिक संस्थाओं और चेंबर ऑफ कॉमर्स सरीखी संस्थाओं के आयोजनों में खुलकर आमजन के सामने अपने विचार रखे।

□

जननायक

देश आजाद होने के पहले से ही त्रिपुरा का स्थानीय शासन लोकतांत्रिक था। लोकतंत्र में शासन विकेंद्रित रहता है और जनता के हित सर्वोपरि रहते हैं। महाराजा बीर बिक्रम किशोर माणिक्य ने अपने शासन में त्रिपुरा की स्थानीय जनता को भागीदार बनाते हुए शासन में विकेंद्रीकरण का प्रयोग शुरू किया।

विभिन्न व्यवस्थाओं के तहत शासन में स्थानीय लोकतंत्र की संस्थाओं की उपस्थिति थी और स्थानीय लोगों के पास निर्णय के अधिकार मौजूद थे।

अपने राजदरबार में महाराजा बीर बिक्रम

उनके शासन से पूर्व त्रिपुरा की जनजातियाँ खंड-खंड में विभाजित थीं, लेकिन महाराजा बीर बिक्रम ने इनके विकास के लिए जनजातियों को एकजुट करने की इच्छा जताई। उनके शासन सँभालने के बाद जुलाई 1929 में जनजाति समुदय के लोगों को एकत्रित करने के मकसद से 'त्रिपुरा क्षत्रिय समाज संक्रांता नियमावली' बनी। सर्वप्रथम समुदाय को 25 मंडलों में विभाजित किया गया। उसके 7 माह बाद अन्य मंडलों का गठन हुआ। वर्ष 1932 तक मंडलों की संख्या बढ़कर 50 तक पहुँच गई। जनता और प्रशासन के बीच संवाद स्थापित करने के लिए कदम उठाए गए।

अगरतला नगर निगम को आधुनिक स्वरूप प्रदान करते हुए 7 मई, 1937 को एक कॉलेज के निर्माण में ब्रिक्स से बनी ईंटों का चलन प्रारंभ किया। वर्तमान में यह कॉलेज एम.बी.बी. के नाम से प्रचलित है। 15 अक्तूबर, 1937 को महाराजा बीर बिक्रम ने नगर निगम सुधारों की घोषणा की। नगर निगम को लेकर एक नया कानून पारित किया गया और लोकतांत्रिक तरीके से चुनाव के बाद अगरतला नगर निगम का गठन हुआ। आबादी की बसावट के लिए उन्होंने अभयनगर के जंगलों को साफ किया और इसे मॉडल गाँव घोषित किया। त्रिपुरा का राष्ट्र के साथ जुड़ाव करने के लिए महाराजा ने राज्य के लिए पहली बार राष्ट्रीय ध्वज अपनाया। महाराजा बीर बिक्रम ने राष्ट्रपिता महात्मा गांधी को भी त्रिपुरा आने का न्योता दिया था। वर्ष 1946 में बंगाल के नोआखाली में जब दंगे हुए, तो महात्मा गांधी वहाँ शांति प्रयासों के लिए पहुँचे थे। तब महाराजा बीर बिक्रम ने अपने सचिव को गांधीजी के पास भेजकर त्रिपुरा आने का न्योता दिया था।

ग्राम्य मंडली ऐक्ट

पंचायती राज की तर्ज पर ग्राम्य मंडली ऐक्ट बनाकर महाराजा बीर बिक्रम ने ग्राम इकाई स्तर पर स्वशासन को बढ़ावा दिया। वर्ष 1946 में इस कानून में सुधार कर मंडली अदालत बनाई गई। सिविल के छोटे और क्रिमिनल

महाराजा बीर बिक्रम की ताजपोशी में उमड़ा जनसैलाब

केसों को यहाँ मंडली अदालत में भेजा जाने लगा, यानी ग्राम स्तर पर न्याय की व्यवस्था मुहैया कराई गई। मंडली अदालत में तीन सदस्य होते थे।

नया संविधान

देश की जनता में जब लोकतांत्रिक सरकार की माँग जोर पकड़ने लगी, तब महाराजा बीर बिक्रम किशोर माणिक्य ने प्रशासनिक सुधार के लिए एक समिति का गठन किया। जिसने अगस्त 1933 में नए संविधान के लिए आधार प्रदान किया। उन्होंने ऐलान किया कि खुफिया काउंसिल, हाईकोर्ट, मंत्रिपरिषद्, विधानसभा, ग्राम्य-मंडली, वित्त और बजट नए संविधान के अनिवार्य हिस्से होंगे। उन्होंने 'त्रिपुरा सरकार ऐक्ट, 1941' में भी सक्रियता दिखाई। इसके जरिए जन-विकास के निम्नलिखित कदमों पर जोर दिया गया—

- सामाजिक और आर्थिक विकास के लिए योजना
- भवन निर्माण और भूमि उपयोग पर नियंत्रण
- शहरी विकास योजना
- सड़क और पुल निर्माण
- घरेलू जल आपूर्ति, उद्योग और व्यावसायिक आपूर्ति
- जन स्वास्थ्य, स्वच्छता, वेस्ट प्रबंधन
- गरीबी उन्मूलन, स्लम विकास
- अग्नि सेवा
- शहरी क्षेत्रों में पार्क, बगीचे और खेल के मैदान की सुविधा
- गरीब और विकलांगों के हित की सुरक्षा
- पर्यावरण और पारिस्थितिकी संरक्षण
- साहित्य और शिक्षा का प्रसार
- स्ट्रीट लाइट्स, जन्म-मृत्यु का पंजीकरण, शवदाह गृह की व्यवस्था

शिक्षा और स्वास्थ्य सेवा खर्च में बढ़ोतरी

अपनी दूरदर्शी सोच का प्रभाव दिखाते हुए महाराजा बीर बिक्रम किशोर माणिक्य ने प्राथमिक शिक्षा को अनिवार्य बनाया। उन्हें मालूम था कि शिक्षा के बिना समाज का विकास संभव नहीं है। इसलिए उन्होंने प्राथमिक शिक्षा को अनिवार्य बनाने के साथ शिक्षा और स्वास्थ्य के क्षेत्र में व्यापक सुधार किए। शिक्षा क्षेत्र में व्यापक सुधार के नजरिए से महाराजा बीर बिक्रम किशोर माणिक्य ने जनवरी 1934 में पश्चिम बंगाल के तमाम इंजीनियरिंग और तकनीकी संस्थानों के दौरे किए। 7 मई, 1937 को महाराजा बीर बिक्रम किशोर माणिक्य ने अगरतला के रसमनटीला में महाराजा माणिक्य कॉलेज की आधारशिला रखी। 21 मई, 1938 को विद्यापट्टन गवर्निंग कमेटी का गठन हुआ। इसमें सदस्यों

आई.जी.एम. अस्पताल (महाराजा ने आधुनिक सुविधाओं से किया था लैस), अगरतला

की संख्या 11 रखी गई और 50 हजार रुपए का प्रावधान कॉलेज बनाने के लिए किया गया, महाराजा बीर बिक्रम किशोर माणिक्य के शासन से पहले शिक्षा और स्वास्थ्य सेवाओं पर खर्च कम था। उन्होंने इन दोनों मदों के खर्च में भारी वृद्धि की। 1945-46 में शिक्षा पर होने वाला खर्च बढ़कर 2 लाख पहुँच गया। जबकि इससे पहले इस मद पर होने वाला खर्च मात्र 1 लाख था। ऐसा ही आलम स्वास्थ्य और स्वच्छता के मद में खर्च का था। 1945-46 से पहले स्वास्थ्य एवं स्वच्छता के मद में होने वाला खर्च 1 लाख से भी कम था। महाराजा बीर बिक्रम ने इस मद में 1.03 लाख की बढ़ोतरी की। महिलाओं के बीच शिक्षा के प्रचार-प्रसार के लिए महाराजा बीर बिक्रम माणिक्य ने 17 मार्च, 1940 को 'कोलकाता में हितसाधनी सभा' की नींव रखी।

लोक निर्माण खर्च में वृद्धि

महाराजा के शासन में लोक निर्माण के कार्यों पर होने वाले खर्च में भी वृद्धि देखी जाती है। 1945-46 में इस मद का खर्च बढ़कर 4 लाख रुपए पहुँच गया था। जबकि इससे पहले इस मद में महज 2 लाख ही खर्च होते थे। यही नहीं, महाराजा ने सड़कों के निर्माण के लिए विशेष रूप से एक रोड फंड बनाया। 3 दिसंबर, 1937 को रोड के विकास के लिए विशेष फंड बनाया गया। इस फंड की राशि सिर्फ सड़क निर्माण में खर्च होती थी।

यात्रा खर्च में कटौती

वर्तमान लोकतांत्रिक शासकों की तरह संवेदनशीलता दिखाते हुए महाराज बीर बिक्रम किशोर माणिक्य ने भी अपने शासन में जनता के प्रति संवेदनशीलता बरती थी। महाराजा ने निज तहबील, यानी कि निजी और अपनी यात्राओं पर होने वाले खर्चों में कटौती की। ताकि जनहितैषी कार्यों के लिए ज्यादा धन प्रदान कर सकें। वर्ष 1939-40 में इस मद में होने वाला खर्च 4.1 लाख था, जोकि 1942-43 में घटकर मात्र 3.85 लाख रह गया। इससे

महाराजा बीर बिक्रम की जनता के प्रति संवेदनशीलता का पता चलता है। यह राशि 'सामान्य संसार चार्ज' के रूप में एकत्रित की जाती थी।

माचिस फैक्टरी की स्थापना

द्वितीय विश्वयुद्ध के दौरान जब विश्व पर आर्थिक और सामरिक संकट मँडरा रहा था, तब त्रिपुरा भी उसकी आँच से बच नहीं सकता थाद्ध त्रिपुरा को इस आँच से बचाने के लिए महाराजा ने वर्ष 1938 में 'महाराजा माचिस फैक्टरी' की स्थापना की, ताकि स्थानीय युवकों को रोजगार मिल सके और अर्थव्यवस्था मजबूत हो।

होटल निर्माण

महाराजा बीर बिक्रम इतने दूरदर्शी सोच के धनी थे कि वे सबकी जरूरतों से भलीभाँति वाकिफ थे। अगरतला में सरकारी और व्यावसायिक कार्य के लिए आने वाले पर्यटकों और अन्य लोगों को रहने की बेहतर सुविधा प्रदान करने के लिए वर्ष 1941 में अगरतला में होटल 'खोश महल लिमिटेड' का निर्माण करवाया।

मनोरंजन सुविधा

महाराजा बीर बिक्रम माणिक्य ने अपनी जनता के लिए मनोरंजन के साधनों का भी पूरा ख्याल रखा। वर्ष 1939 में त्रिपुर सुंदरी और त्रिपुरा टॉकिज के नाम से दो सिनेमा हॉल खोलने की अनुमति प्रदान की गई। साथ में सरकार ने सिनेमा टॉकिज संचालकों के सामने यह शर्त रखी कि छह माह तक उन्हें केवल 25 रुपए प्रति माह मिलेंगे, ताकि जनता पर सिनेमा खर्च का बोझ न पड़े।

औद्योगिक प्रदर्शनी

लघु एवं कुटीर उद्योग को बढ़ावा देने की कवायद में महाराजा बीर

बिक्रम ने इनके उत्पादों के लिए बाजार की भी व्यवस्था की। हथकरघा उद्योग के उत्पादों को बाजार मुहैया कराने के मकसद से महाराजा ने समय-समय पर इन उत्पादों का प्रचार भी सुनिश्चित किया। कोलकाता में औपचारिक तौर पर औद्योगिक प्रदर्शनी लगाने के लिए महाराजा बीर बिक्रम किशोर माणिक्य 25 दिसंबर, 1928 को कोलकाता गए तो वर्ष 1939 में दुर्गापूजा के समय अगरतला में औद्योगिक प्रदर्शनी लगाई गई। इसका एकमात्र उद्देश्य था कि हथकरघा उद्योग के उत्पादों को बिक्री का अवसर मिल सके।

समस्या निवारण तंत्र

वर्तमान लोकतांत्रिक शासन की तरह महाराजा बीर बिक्रम ने अपने शासन में समस्या निवारण तंत्र भी बनाया था। ठाकुरों की समस्या के निदान के लिए उन्होंने वर्ष 1928 में 'ठाकुर समिति' का गठन किया। वर्ष 1929 में त्रिपुरा के पाँच डिविजन अमरपुर, उदयपुर, सोनामुरा, कैलाशर और धर्मनगर बाढ़ से बुरी तरह प्रभावित हुए थे। हालात का तुरंत सामना करने के लिए महाराजा ने नवंबर 1929 में उज्जयंता पैलेस में उच्चाधिकारियों और सेवानिवृत्त अधिकारियों की बैठक बुलाई, जिसमें प्राकृतिक समस्याओं से सामना करने की रूपरेखा पर चर्चा हुई। अक्तूबर 1934 में अगरतला को भी भारी बाढ़ और उसके प्रभाव का समाना करना पड़ा। महाराजा का प्रशासन इस दौरान भी जनता के हितैषी के रूप में कंधे से कंधा मिलाकर उसके साथ खड़ा नजर आया।

त्रिपुरा स्टेट बैंक की स्थापना

आर्थिक लेन-देन की सक्रिय को सुचारु रूप से संचालित करने के लिए महाराजा बीर बिक्रम माणिक्य के शासन में 4 जुलाई, 1934 को त्रिपुरा स्टेट बैंक की स्थापना हुई।

जन मंडल समिति

जनता और सरकार के बीच सेतु का काम करने के लिए अगरतला के वरिष्ठ नागरिकों को लेकर महाराजा की अनुमति से वर्ष 1938 में 'जन मंगल समिति' का गठन हुआ।

भविष्य निधि

महाराजा ने अपने कर्मचारियों के हितों का ख्याल रखते हुए भविष्य निधि की शुरुआत की। इस क्रम में सभी कर्मचारियों के जीपीएफ खाते खोले गए।

जनोपयोग के लिए बना पिकनिक स्थल-कुंजबन, अगरतला

मानवीय शासन

महाराजा बीर बिक्रम का शासन मानवीय आधार पर संचालित होता था। किसी धर्म और जाति विशेष को बढ़ावा देने के बजाय उन्होंने अपना शासन 'सबका साथ और सबका विकास' की कल्पना से संचालित किया। वैसे तो वे वैष्णव संप्रदाय को मानने वाले हिंदू थे, मगर उनका शासन धर्म के मामले में निरपेक्ष रहा। सभी धर्मों का उन्होंने समान रूप से आदर किया। महाराजा ने कहा, 'असलियत में किसी जाति और वर्ण में कोई अंतर नहीं है, सभी संप्रदायों के आदर्श, लक्ष्य एवं उसके परिणाम एक ही हैं।' महाराजा की धर्मपरायणता के विषय में सबको मालूम है। राजपरिवार के लोग पहले शैव

महाराजा बीर बिक्रम के काल में बने मंदिर, अगरतला

धर्म का पालन करते थे, लेकिन वे सभी धर्मों का आदर और सम्मान करते थे। उसके बाद राजपरिवार के लोग वैष्णव धर्म के संपर्क में आए। मगर वे अपने पुराने धर्म से अलग नहीं हुए उससे जुड़े रहे। इसका प्रमाण यह है कि महाराजा ने जैसा विष्णु मंदिर बनवाया, वैसा ही शक्ति मंदिर बनवाया। इसके अलावा महाराजा ने पुरातन समय से चली आ रही पारिवारिक परंपराओं को बरकरार रखा। उनमें कोई छेड़छाड़ नहीं की।

हिंदू, बौद्ध, मुस्लिम और ईसाई सभी धर्म की जनता को भी समान नजर से देखते थे। धार्मिक आधार पर वे किसी के साथ भेदभाव नहीं करते थे।

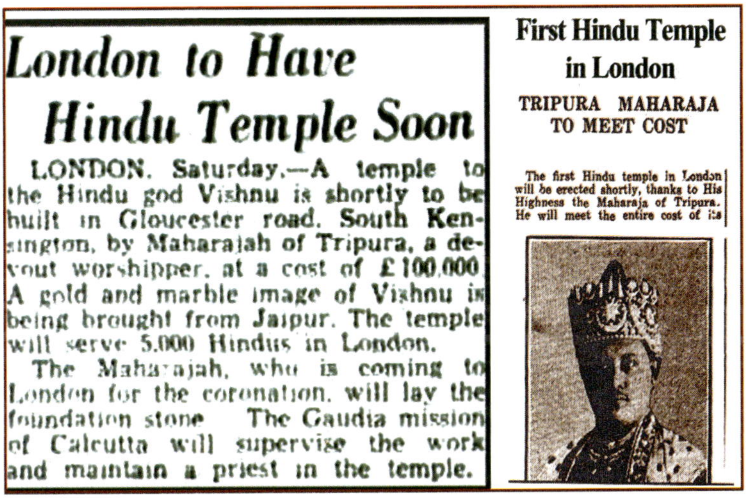

London to Have Hindu Temple Soon

LONDON. Saturday.—A temple to the Hindu god Vishnu is shortly to be built in Gloucester road. South Kensington, by Maharajah of Tripura, a devout worshipper, at a cost of £100,000. A gold and marble image of Vishnu is being brought from Jaipur. The temple will serve 5,000 Hindus in London.

The Maharajah, who is coming to London for the coronation, will lay the foundation stone. The Gaudia mission of Calcutta will supervise the work and maintain a priest in the temple.

First Hindu Temple in London

TRIPURA MAHARAJA TO MEET COST

The first Hindu temple in London will be erected shortly, thanks to His Highness the Maharaja of Tripura. He will meet the entire cost of its

महाराजा बीर बिक्रम किशोर माणिक्य के शासनकाल में यह बात विशेष रूप से देखी गई है। क्योंकि उनके राजत्व काल में राजदरबार के महत्त्वपूर्ण कार्य मुस्लिम प्रजावर्ग के ऊपर थे। रोमन कैथोलिकों का सांगठनिक कार्य महाराजा बीर बिक्रम के शासनकाल में ही शुरू हुआ। मार्च 1935 में जब वे कोलकाता गए थे, तब वहाँ से वह एक सम्मेलन की अध्यक्षता और श्री चैतन्य गौड़िया मठ के जरिए निर्मित हुए मंदिर का उद्घाटन करने के लिए श्रीधाम मायापुर गए। अगरतला में उनके द्वारा वर्ष 1946 में बुद्ध मंदिर की

स्थापना की गई। इसकी खास वजह यह रही कि द्वितीय विश्वयुद्ध में विजय प्राप्ति के बाद त्रिपुरा के सैनिक जब बर्मा से लौट रहे थे, तो वे अपने साथ काँसे की बौद्ध प्रतिमा लेकर आए। उन्होंने ही महाराजा से बुद्ध मंदिर बनाने का आग्रह किया। जिसे स्वीकार करते हुए महाराजा ने बुद्ध पूर्णिमा के दिन मंदिर का उद्‍घाटन किया। यही नहीं, अगरतला में गेदू मियाँ मस्जिद बनाने के लिए भूमि दान देकर उन्होंने इसके निर्माण में सहयोग किया। अपनी विदेश यात्रा के दौरान महाराजा बीर बिक्रम ने लंदन में रह रहे भारतीयों की सुविधा के लिए एक विष्णु मंदिर का निर्माण भी करवाया, जिसका खर्च उन्होंने ही वहन किया। उनके इस कदम की चर्चा ब्रिटिश मीडिया में भी हुई थी।

महाराजा बीर बिक्रम के मानवीय शासन की खासियत यह है कि उनके शासन से पहले मुस्लिम धर्म के लोगों पर त्योहार, शादी-ब्याह और उनके अन्य उत्सवों के आयोजन पर कर लगता था, लेकिन महाराजा बीर बिक्रम किशोर माणिक्य ने कानून में सुधार करते हुए मुस्लिम समुदाय के लोगों पर लगने वाले इस कर को समाप्त किया। वर्ष 1928 में कोमिला में हिंदू और मुस्लिमों के बीच चल रहे तनाव को समाप्त करने के मद्‍देनजर एक मुस्लिम संगठन अंजुमन-ए-इस्लामिया की ओर से आयोजित सभा को संबोधित करते हुए महाराजा ने कहा, 'मैं आज सरल भाषा में आप लोगों से बोल रहा हूँ कि देश में जो इस समय परिस्थिति चल रही है, वह ठीक नहीं है। मैं इससे अलग सकारात्मक परिस्थिति बनाना चाहता हूँ और यही मेरी सबसे बड़ी इच्छा और चाह है। मेरे राज्य के लोगों का भाग्य मेरे भाग्य से जुड़ा हुआ है। हिंदू हों या मुसलमान हो, मैं सब लोगों को यह समझाना चाहता हूँ कि असलियत में किसी जाति और वर्ण में कोई अंतर नहीं है। सभी संप्रदायों के आदर्श, लक्ष्य एवं उसके परिणाम एक ही है। मैं चाहता हूँ कि आप सभी एक बार आत्मचिंतन करें। धर्म केवल एक पथ विशेष है, जहाँ हम लोग सिर्फ अनुसरण ही कर सकते हैं और सभी धर्मों का मार्ग एक है अर्थात् सभी धर्म एक हैं।' दरअसल, इस काल में ही ब्रिटिश शासकों ने भारत के स्वतंत्रता

संग्राम की लड़ाई को कमजोर करने की कवायद में 'बाँटो और राज करो' का दाँव चला था। मगर त्रिपुरा में ब्रिटिश शासन के दाँव को चित्त करने में महाराजा बीर बिक्रम कामयाब रहे थे।

हावड़ा नदी पर बना लोहे का पुल, अगरतला

महाराजा बीर बिक्रम के मानवीय एवं उदार हृदय की झलक एक और प्रसंग से मिलती है। जब वे छोटे थे, तब उनके राजतंत्र में उनके पिता ने

किसी व्यक्ति को मृत्युदंड का आदेश दिया था। यह आदेश बीर बिक्रम को पसंद नहीं आया। वे करीब तीन दिन तक सभी लोगों से दूरी बनाकर बिना कुछ खाए-पीए एकांत वास में चले गए। फाँसी वाले दिन वे सुबह जल्दी उठकर अपने घोड़े से कारावास में पहुँचे, जहाँ अपराधी को फाँसी दिए जाने की तैयारी चल रही थी। उनके घोड़े की टाप सुनकर कारावास के लोग स्तब्ध रह गए कि इतनी सुबह कौन आ रहा है। समाने युवराज को देख वे हैरान हो गए। युवराज ने अपराधी को फाँसी के तख्त से नीचे उतारा। अपराधी तुरंत ही युवराज के पैरों पर गिर पड़ा और रोने लगा। युवराज ने उसकी फाँसी रद्द कर दी और उसे नया जीवन प्रदान किया।

वर्ष 1941 में बांग्लादेश के ढाका से हजारों की संख्या में भागकर आए हिंदू शरणार्थियों के पुनर्वास में महाराजा बीर बिक्रम किशोर माणिक्य ने उल्लेखनीय कार्य किया। 1905 में ब्रिटिश प्रशासन ने मुस्लिमों के मन में हिंदुओं के खिलाफ काफी जहर भर दिया। जिसकी वजह से 4 मार्च, 1907 को कोमिला में दोनों समुदायों के बीच दंगा भड़क उठा था। उसके बाद वर्ष 1941 में उसी तरह के दंगे ढाका में शुरू हो गए, जिसकी वजह से कुछ मंदिरों पर हमले हुए और मूर्तियों को तोड़ा गया। लोगों के घर जला दिए गए। उनकी संपत्तियों को नुकसान पहुँचाया गया।

महिलाओं के साथ घिनौने कृत्य किए गए। इस कारण काफी संख्या में हिंदू परिवार महाराजा की शरण के लिए त्रिपुरा पहुँचे थे। इस बीच महाराजा बीर बिक्रम की माता अरुंधती महादेवीजी की मृत्यु भी हो गई थी। मगर अपनी माता का क्रिया-कर्म करने के तुरंत बाद महाराजा बीर बिक्रम ने ढाका से आए पीड़ित परिवारों के बीच जाकर उन्हें हर संभव मदद की और उनके पुनर्वासन के लिए उल्लेखनीय कार्य किए। शरणार्थियों के पुनर्वासन के लिए महाराजा बीर बिक्रम किशोर माणिक्य ने एक 5 सदस्यीय समिति का वर्ष 1941 में गठन भी किया।

प्रशासन

महाराजा बीर बिक्रम किशोर माणिक्य का शासन लोकतांत्रिक, विकासोन्मुखी, जनहितैषी, पारदर्शी, न्यायप्रिय, सर्वांगीण विकास और सर्वधर्म समभाव से युक्त था। प्रशासन के कार्यों पर इसकी झलक साफ दिखाई देती थी। भारतीय संविधान से करीब 9 वर्ष पहले महाराजा बीर बिक्रम ने त्रिपुरा को नया एवं पहला लिखित संविधान प्रदान कर दिया था। इसमें जनता के मौलिक अधिकारों का पूरा ख्याल रखा गया था। उनके प्रशासनिक ढाँचे को देखें, तो शासन को पूरी तरह से लोकतांत्रिक बनाया गया था। राजा के अलावा शासन की इकाई में मंत्रिपरिषद्, प्रधानमंत्री, मंत्री, शासन के मुख्य सचिव, डिविजन अधिकारी, नगर समिति और ग्राम्य समिति की भूमिका अहम थी। महाराजा बीर बिक्रम के कार्यकाल की खासियत यह थी कि वे विभागों के सहज संचालन के लिए समय-समय पर समितियों का गठन कर देते थे। हर बड़े फैसले से पहले समिति का गठन कर विषय का अध्ययन कराने और अन्य लोगों की राय जानने पर जोर रहता था। कई बार वे आमजन से भी राय माँगते थे और उस पर अमल भी करते थे। राज्य को अनुशासित बनाने और राष्ट्र के साथ एक सूत्र में पिरोने के मकसद से उन्होंने राष्ट्र ध्वज के साथ राष्ट्र गान का चलन शुरू किया। सुशासन स्थापित करने के लिए उन्होंने कार्य संस्कृति में सुधार पर जोर दिया। अधिकारी से लेकर कर्मचारियों तक के लिए प्रशिक्षण की व्यवस्था की गई थी। राज्य की आंतरिक सुरक्षा सुनिश्चित करने के लिए पुलिस बल को आधुनिक बनाया तो बाहरी सुरक्षा के

लिए सैन्य ताकत को मजबूत बनाने के साथ उसे आधुनिक हथियारों से लैस करने के कदम उठाए गए थे। शासन चलाने के लिए उन्होंने समय-समय पर तमाम समितियों का गठन किया और उनके सुझावों पर भी अमल किया।

जननायक महाराजा बीर बिक्रम जनता के बीच

वर्ष 1923 में पिता के देहांत के बाद महाराजा बीर बिक्रम के ऊपर 15 वर्ष की उम्र में शासन की जिम्मेदारी आ गई। लोकतांत्रिक शासन व्यवस्था के लिए उन्होंने वर्तमान सरकारों की तरह मंत्रिमंडल बनाया और अधिकारी तैनात किए। मंत्रियों के बीच विभागों का बँटवारा भी किया।

मंत्रिमंडल के निर्देशों को जमीन पर उतारने के लिए प्रमुख अधिकारी के रूप में मुख्य सचिव की व्यवस्था की। कानून व्यवस्था दुरुस्त रखने के लिए पुलिस विभाग को मजबूत किया। राज्य की सामरिक सुरक्षा सुनिश्चित करने के लिए उन्होंने आधुनिक हथियारों से लैस सेना की फौज तैयार की। कर्मचारियों में कार्य-बोध के लिए उन्हें शपथ दिलाने की परंपरा पहली बार शुरू की, जिसके तहत कर्मचारियों को निःस्वार्थ भाव से कार्य करने की शपथ दिलाई जाती थी। वर्ष 1941 के जुलाई में महाराजा बीर बिक्रम ने प्रशासनिक सुधारों के साथ राज्य में नया संविधान लागू किया। बेरोजगार युवकों की

महाराजा बीर बिक्रम

वास्तविक संख्या जानने के लिए महाराजा ने वर्ष 1942 में रोजगार कार्यालय का चलन शुरू किया। बेरोजगार युवकों को रोजगार कार्यालय में नाम दर्ज कराना अनिवार्य बनाया गया।

शासन को ठीक तरीके से चलाने के लिए योग्य लोगों को लेकर काउंसिल ऑफ एडमिनिस्ट्रेशन का गठन किया गया। काउंसिल गठन के तीन साल बाद, जब महाराजा ने औपचारिक तौर पर राजगद्दी सँभाली, तब इसे खत्म कर दिया गया। क्योंकि तब तक महाराजा बीर बिक्रम किशोर माणिक्य अपना

जननायक

प्रशिक्षण और शिक्षा पूरी कर शासन सँभालने लौट चुके थे। इसके बावजूद उन्होंने अपने शासन के लिए तमाम समितियों को ही शासन चलाने का मूल मंत्र बनाया। उनके गद्दी सँभालने के कुछ दिनों बाद एक नई सभा का गठन किया गया, जिसका कार्य भी कमोबेस काउंसिल ऑफ एडमिनिस्ट्रेशन सरीखा था। वैसे अपने तीन वर्षों के कार्यकाल में काउंसिल ऑफ एडमिनिस्ट्रेशन ने भी प्रशासनिक सुधार और आर्थिक बदलाव के मद्देनजर कई अहम कदम उठाए। राज्य पर पहले से ही ऋण का भारी बोझ था, लेकिन इन तीन वर्षों में राज्य ऋण चुकाने में कामयाब रहा। न्यायप्रिय शासन प्रदान करने के लिए अदालत का निर्माण हुआ और कैदियों के लिए जेल बनाई गई। इसके अलावा सचिवालय का विस्तार किया गया। अगरतला-अखौरा और उदयपुर-विशालगढ़ के बीच सड़क मार्ग का निर्माण कराया गया।

लेनदारी-देनदारी के आकलन के लिए छोटे समूह का गठन

सरकार की लेनदारी और उसकी देनदारी का आकलन करने के लिए महाराज ने वर्ष 1924 में एक छोटे समूह का गठन किया। राज्य की लेनदारी-देनदारी का आकलन करने के बाद समूह ने जो अपनी रिपोर्ट सौंपी, उसके अनुसार वर्ष 1923 में राज्य पर 14,54,249 रुपए की देनदारी थी। वर्ष 1935 में राजकोष से लेन-देन के लिए बैंकिंग व्यवस्था शुरू की गई। बाद में वर्ष 1938 में स्टेट बैंक ऑफ त्रिपुरा की स्थापना कर आमजन के लेन-देन को भी बैंकिंग व्यवस्था से जोड़ा गया।

मंत्रणा सभा और इसके कार्य

महाराजा ने परोक्ष रूप से शासन सँभालने के बाद काउंसिल ऑफ एडमिनिस्ट्रेशन को बेशक खत्म कर दिया था, लेकिन शासन में आमजन की आवाज सुनिश्चित करने और सही सलाह एवं निर्णयों पर विचार के लिए उन्होंने वर्ष 1927 में 'मंत्रणा सभा' का गठन किया। इसमें 5 सदस्य थे।

महाराजा कुमार नबदीप चंद्र देबबर्मा, महाराज कुमार बृजेंद्र किशोर देबबर्मा, ब्रज कृष्ण देबबर्मा, ज्योतिष चंद्र सेन बहादुर और दिवान कुमार सेन इसके सदस्य थे। इस सभा के सभापति स्वयं बीर बिक्रम महाराज थे। नबदीप को इस सभा का सह-सभापति बनाया गया था। समिति के सदस्यों के बीच विभिन्न कार्य वितरित किए गए थे, लेकिन अंतिम निर्णय महाराज का ही माना जाता था। समिति के सदस्य महाराजा से पूछकर कार्य करते थे। जैसे कि सिविल सेवा कर्मचारी और 100 रुपए से ज्यादा की सैलरी पाने वाले कर्मचारियों के तबादले, सेवानिवृत्ति और तरक्की के मामलों को महाराजा स्वयं ही देखते थे। अदालत में जजों की नियुक्ति भी महाराजा के अधीन थी। सालाना बजट की देख-रेख भी महाराजा के जिम्मे थी। बजट के मदों का परिवर्तन भी महाराजा की मर्जी से ही होता था। लोक निर्माण विभाग में 5000 हजार और उससे ऊपर के कार्य महाराजा की देख-रेख में होते थे। किसी भी तरह के कानून बनाने का अधिकार महाराजा के ही हाथों में था।

कार्यकारी परिषद्

मंत्रणा सभा के अलावा महाराजा बीर बिक्रम ने वर्ष 1929 में कार्यकारी परिषद् का गठन किया। इसके सदस्यों की संख्या 5 रखी गई। इसके अंदर 18 विभाग थे। समिति में मुख्य सचिव को भी रखा गया था। यदि किसी विषय में मत भिन्नता होती थी, तो निर्णायक मत सभापति के मत को माना जाता था।

जमींदारी मामले और महाराजा के निजी फंड की देख-रेख के लिए समिति

महाराजा ने वर्ष 1932 में जमींदारी मामलों, राज्य के कार्यों और अपने निजी फंड की देख-रेख के लिए एक समिति का गठन किया। एन.सी. देबबर्मा को इस समिति का अध्यक्ष बनाया गया और बृजेंद्र किशोर इसके उपाध्यक्ष बनाए गए। विजय कुमार सेन को दीवान और मैनेजर चकला की

जिम्मेदारी दी गई। राणा बुद्ध जंग को प्रमुख सचिव की जिम्मेदारी दी गई। कमला प्रसाद दत्त को दीवान, संसार विभाग और महाराजा के निजी सचिव की जिम्मेदारी दी गई।

विधान परिषद् का गठन

वर्ष 1937 में महाराजा बीर बिक्रम माणिक्य ने विधान परिषद् का गठन किया। 15 अक्तूबर, 1937 को महाराजा ने ऐलान किया कि पॉपुलर फ्रेंचाईजी की तर्ज पर अगरतला नगर निगम का सुधार होगा।

प्रशासनिक सुधार के लिए समिति

वर्ष 1938 में प्रशासनिक सुधार के लिए एक समिति का गठन किया गया। समिति में 7 लोगों को रखा गया, इसमें सरकारी और गैर-सरकारी दोनों तरह के सदस्य शामिल थे। इसमें शामिल सदस्यों में राजमंत्री, दीवान, मुख्य न्यायाधीश, वरिष्ठ नायब तहसीलदार, पुलिस अधीक्षक के अलावा कुछ अन्य लोगों को रखा गया। समिति का कार्य सरकार को प्रशासनिक सुधार के उपाय बताना था। समिति के सुझावों पर अमल के बाद शिक्षा और प्रशासन में चमत्कारी बदलाव देखने को मिले। 16 अप्रैल, 1938 को महाराज बीर बिक्रम माणिक्य ने बंगाल पुलिस के उपाधीक्षक पद से सेवानिवृत्त राय बहादुर गिरिजा दत्त को राज्य का पुलिस अधीक्षक बनाया था, ताकि राज्य में कानून व्यवस्था का सुचारू रूप से पालन हो सके।

नगर समिति का गठन

वर्ष 1938 में महाराजा बीर बिक्रम किशोर माणिक्य ने सब डिविजन स्तर पर नगर समिति का गठन किया। सुधार का असर गाँव इकाई तक पहुँचाने की कवायद में वर्ष 1939 में महाराजा ने ग्राम स्तर पर संवैधानिक इकाई बनाने के लिए कई सारी समितियों का गठन किया। वर्ष 1940 में ग्राम्य मंडली ऐक्ट

बनाया गया। इसके तहत पंचायत की तर्ज पर गाँव स्तर पर समिति बनाई गई। उसे न्याय और कानूनी मामले निपटाने के अधिकार प्रदान किए गए।

देश का पहला लिखित संविधान

महाराजा बीर बिक्रम की प्रशासनिक क्षमता का अंदाजा इससे भी लगाया जा सकता है कि एक छोटे से राज्य का राजशाही शासक होने के बावजूद उन्होंने देश में पहला लिखित संविधान लागू किया। वर्ष 1941 के जुलाई माह में महाराजा बीर बिक्रम ने त्रिपुरा को पहला लिखित संविधान

प्रदान किया। उनके संविधान में 68 धाराएँ, 7 भाग और 3 सूचियाँ थीं। देश के वर्तमान संविधान में भारतीय नागरिकों को मिलने वाले मौलिक अधिकारों की तरह महाराजा बीर बिक्रम के संविधान में भी नागरिकों को मौलिक अधिकार और लैंगिक समानता का प्रावधान था। महिलाओं को मताधिकार प्रदान करने के साथ अपराधियों के चुनाव लड़ने पर रोक की व्यवस्था थी। आपराधिक आरोपियों की सदस्यता खत्म करने का प्रावधान भी महाराजा बीर बिक्रम माणिक्य के संविधान में किया गया था।

कर्मचारियों से कार्य-संस्कृति सुधारने का आह्वान

वर्ष 1941 में महाराजा बीर बिक्रम किशोर माणिक्य ने कर्मचारियों खासतौर से सरकारी कर्मचारियों को एक नोटिस भेजकर उनसे कार्य-संस्कृति में सुधार का आग्रह किया। उनसे ईमानदारी, अनुशासन और निष्पक्षता के साथ सक्रियता दिखाने की अपील की गई थी। कार्य-संस्कृति विस्तार के लिए ट्रेनिंग की व्यवस्था की गई। कर्मचारियों को राज्य से बाहर यहाँ तक कि यूरोप के देशों में प्रशिक्षण के लिए भेजा गया था।

मंत्रिपरिषद् का गठन

राजशाही शासन को पूरी तरह लोकतांत्रिक रूप देने के लिए महाराजा बीर बिक्रम किशोर माणिक्य ने वर्ष 1942 में नई मंत्रिपरिषद् का गठन किया। इसका प्रधानमंत्री ज्योतिष चंद्र सेन को बनाया गया। विभिन्न विभागों के लिए मंत्री बनाए गए थे। वर्ष 1944 में प्रधानमंत्री ज्योतिष चंद्र सेन सेवानिवृत्त हो गए तो उनकी जगह राणा बुद्धजंग बहादुर को प्रधानमंत्री बनाया गया।

राष्ट्रध्वज और राष्ट्रगान

त्रिपुरा की जनता में राष्ट्रीयता का भाव पैदा करने के लिए महाराजा बीर बिक्रम किशोर माणिक्य ने राष्ट्रध्वज अपनाने के साथ राष्ट्रगान का चलन भी शुरू किया। स्वर्ण, रजत और लाल रंग की तीन पट्टियों को जोड़कर झंडे का रंग तिरंगा रखा गया था। झंडे के बीच में सफेद गोला अंकित किया गया। राष्ट्रगान सैन्य बैंड के जरिए बजाया जाता था। राष्ट्रगान का गायन कॉकबरक भाषा में किया जाता था। दरबार के शुरू होने से पहले राष्ट्रगान होता था। इसके अलावा नववर्ष, विजयादशमी उत्सव और विशेष लोगों के जन्मदिन पर राष्ट्रगान गाया जाता था।

उज्जयंत पैलेस में अपने दरबार में वर्ष 1945

अंतरराष्ट्रीय समय मानक, आई.एस.टी. का पालन

राज्य में पहली बार वर्ष 1947 में अंतरराष्ट्रीय समय मानक, आई.एस.टी. पर अमल शुरू हुआ।

खास दरबार का गठन

वर्ष 1939 में महाराजा के निर्देश पर खास दरबार का गठन किया गया। इसमें सामान्य और विशेष दरबार के लोगों को सदस्य बनाया गया।

अगरतला को सँवारने के लिए समिति

अगरतला शहर को सुंदर बनाने और उसकी साज-सज्जा सँवारने के लिए महाराजा के जरिए वर्ष 1926 में एक समिति का गठन किया गया और नगर निकाय को 6 भागों में बाँटा गया। समिति में सदस्यों की संख्या 12 रखी गई। समिति में 6 सदस्य जनता के जरिए चुने गए लोगों में शामिल थे। बाकी 6 सदस्यों की नियुक्ति महाराजा के जरिए की गई। इस समिति के निर्देश पर अगरतला में पुराने और बड़े वृक्षों की कटाई की गई।

बाहरियों की समस्या सुलझाने के लिए समिति

महाराजा बीर बिक्रम ने बाहर से आकर राज्य में रह रहे लोगों की समस्या के निदान के लिए वर्ष 1943 में एक समिति का गठन किया।

खुफिया परिषद्

वर्ष 1944 में खुफिया परिषद् का गठन किया गया। इसका कार्य प्रशासन को सहयोग और सलाह देना था।

वर्ष 1935 में जारी एक दिशा-निर्देश के अनुसार शासन के लिए निम्नलिखित पदों को औपचारिक तौर पर प्रशासन के लिए चिह्नित किया गया।

1. राज मंत्री 'मंत्री'
2. मुख्य सचिव
3. सैन्य सचिव
4. महाराजा के निजी सचिव
5. मुख्य स्टाफ ऑफिसर
6. निजी तहबील सचिव
7. एडीसी
8. मुख्य न्यायाधीश
9. अन्य न्यायाधीश
10. मंत्री कार्यालयों के लिए प्रभारी मंत्री 'विभागीय प्रमुख'
11. राज्य फिजिशियन
12. रॉयल परिवार के चिकित्सक
13. राज्य के सह-चिकित्सक
14. राजवैद्य कविराज
15. पुलिस अधीक्षक
16. उप पुलिस अधीक्षक
17. सर्वे अधीक्षक
18. राज्य इंजीनियर
19. पर्यवेक्षक
20. उप प्रबंधक, चकला
21. सहायक प्रबंधक, चकला
22. सदर मजिस्ट्रेट
23. सदर कलेक्टर
24. मफस्सिल के विभागीय प्रभारी अधिकारी
25. सिविल सेवा अधिकारी एवं प्रोबेशनर
26. अंडर सेक्रेटरी

27. कार्यालय निजी सहायक
28. हाईस्कूल के प्रधानाध्यापक
29. ठाकुर बोर्डिंग हाउस के अभिभावक अध्यापक
30. कुमार बोर्डिंग के अधिशासी अध्यापक
31. राजकीय वकील
32. कानूनी सलाहकार
33. सदर रजिस्ट्रार
34. राजपंडित
35. सैन्य संपदा अधिकारी

□

शिक्षा व्यवस्था

त्रिपुरा में शिक्षा के स्तर के सुधार को लेकर महाराजा बीर बिक्रम किशोर माणिक्य की सोच दूरगामी थी। उनका जोर गुणवत्तायुक्त शिक्षा पर था। वर्ष 1924 में त्रिपुरा में कुल 171 स्कूल थे, लेकिन वर्ष 1925 तक यह संख्या घटकर 138 रह गई। गुणवत्तायुक्त शिक्षा के लिए निर्धारित मापदंडों का पालन न करने वाले स्कूलों के खिलाफ काररवाई की गई और राज्य शासन से मिलने वाली आर्थिक सहायता रोक दी गई। महाराजा का जोर स्कूलों की संख्या बढ़ाने की बजाय गुणवत्तायुक्त शिक्षा प्रदान करने पर था। राज्य के लोगों के हित के लिए वे हमेशा शिक्षित त्रिपुरा का स्वप्न देखते थे। वर्ष 1938 में उन्होंने प्राथमिक शिक्षा को सबके लिए अनिवार्य बनाया। उच्च शिक्षा में सुधार के लिए 'विद्यापट्टन गवर्निंग समिति' बनाई। राज्य के लिए उन्होंने आधुनिक एवं विश्वस्तरीय स्कूल का सपना देखा था, जिसमें छात्रों को हर तरह की शिक्षा प्रदान की जा सके। इसके लिए उन्होंने अपने शासन में कदम भी उठाए। उनके स्वप्निल कॉलेज के बारे में पूर्व प्रधानाचार्य जे.के. चौधरी ने बयाँ करते हुए लिखा है कि 'बीर बिक्रम का स्वभाव सकारात्मक सोच और एक वास्तुकार की तरह था। उनके मन में जनता के लिए सदैव लाभकारी और सकारात्मक विचार आते रहते थे। उनके इन विचारों पर देश-विदेश के भ्रमण का प्रभाव था। इसलिए उन्होंने एक छोटे राज्य को स्वयं में आत्मनिर्भर बनाने और जनता की भलाई के लिए कई अहम कार्य किए। उन्हें इस बात का अहसास उस वक्त हो गया था कि शिक्षा और उचित प्रशिक्षण के बिना

त्रिपुरा के लोग अपने पैरों पर खड़े नहीं हो सकते हैं, अर्थात् राज्य आत्मनिर्भर नहीं बन सकता है। उन्होंने यह भी महसूस किया कि उनके अनुसार राज्य की जरूरतों को पूरा करने के लिए भारी संसाधनों की जरूरत पड़ेगी।' मगर महाराजा के दृढ़ निश्चय की वजह से उनके महान् सपनों को अमल करने में कठिनाई नहीं आई। एक कॉलेज में बहुआयामी शिक्षा प्रदान करने के लिए उन्होंने 'विद्यापट्टन' की शुरुआत की। विद्यापट्टन में तकनीकी शिक्षा विद्यालय, शारीरिक शिक्षा विद्यालय, कृषि शिक्षा विद्यालय, चित्रकला और संगीत शिक्षा विद्यालय समेत अस्पताल, सिनेमा हॉल और छात्रावास की व्यवस्था थी। 7 मई, 1937 को जब वे 30 वर्ष के भी नहीं हुए थे, तब उन्होंने शैक्षणिक भवन की स्थापना की। सितंबर, 1939 में शासकीय राजपत्र जारी कर महाराजा बीर बिक्रम ने शैक्षणिक भवन के लिए 234 एकड़ भूमि का अधिग्रहण किया। अपने स्वप्निल शिक्षा संस्थान के लिए उन्होंने जगह के चयन में भी दूरदर्शिता दिखाई। भूमि अधिग्रहण के लिए ऐसी जगह का चयन किया, जहाँ पहाड़ी और समतल भूमि के साथ प्राकृतिक सुंदरता विद्यमान थी। प्रस्तावित भवन का निर्माण डिजाइन उन्होंने खुद बनाया और उस वक्त 25524 स्क्वायर फीट क्षेत्रफल के साथ दोमंजिला भवन की योजना बनाई।

महाराजा बीर बिक्रम किशोर माणिक्य महाविद्यालय (वर्ष 1937) अगरतला

लगभग 18 लाख रुपए की संभावित लागत के साथ उन्होंने 19 हॉल, 16 छोटे कमरे और 3 सीढ़ियों वाले भवन का निर्माण कार्य लोक-निर्माण विभाग के प्रभारी मुख्य सचिव की देख-रेख में शुरू करवाया।

विद्यापट्टन समिति

अतिमहत्त्वाकांक्षी योजना विद्यापट्टन को जमीन पर मूर्त रूप देने के लिए महाराजा बीर बिक्रम ने एक 10 सदस्यीय समिति का गठन किया, जिसे 'विद्यापट्टन गवर्निंग समिति' नाम दिया गया। इस गवर्निंग समिति का कार्य विद्यापट्टन के तहत बन रहे शैक्षणिक भवन के निर्माण कार्यों की रोजाना देख-रेख करना था। समय-समय पर इस समिति की लगातार बैठकें होती रहती थीं और निर्माण कार्यों और उसके निर्माण में आ रही कठिनाइयों पर विस्तार से चर्चा होती थी। द्वितीय विश्वयुद्ध के समय आर्थिक तंगी की वजह से भवन के निर्माण कार्य की रफ्तार थोड़ी धीमी करनी पड़ी थी। कॉलेज के

प्रधानाध्यापक ने फरवरी 1942 में एक रिपोर्ट भेजी, जिसमें कहा गया कि भवन का निर्माण प्रथम तल तक ही हो पाया है। द्वितीय विश्वयुद्ध के समय भवन को अस्थायी सैन्य अस्पताल में तब्दील किया गया था। मगर अल्पायु में मृत्यु हो जाने की वजह से महाराजा एम.बी.बी. के अपने स्वप्न को पूरा होते नहीं देख सके। उनकी मृत्यु के बाद उनके उत्तराधिकारी ने उनके सपने को पूरा किया। यह संस्थान वर्तमान अगरतला में एम.बी.बी. कॉलेज के नाम से प्रसिद्ध है।

भूविज्ञान विभाग का गठन

7 सितंबर, 1937 को महाराजा बीर बिक्रम किशोर माणिक्य ने एस.सी. देबबर्मा के नेतृत्व में भूविज्ञान विभाग का गठन किया। इस विभाग को त्रिपुरा में खनिज संभावनाओं का पता लगाने के काम में लगाया गया। इसमें एक भूवैज्ञानिक और एक भूविज्ञान सलाहकार को रखा गया था।

विद्यापट्टन में जिन बातों का ध्यान रखने को कहा गया था, वे निम्नलिखित हैं—

1. आइए और आई.एस.सी. स्तर का कॉलेज, जिसमें आधुनिक लैब जरूरी था
2. अंग्रेजी माध्यम में हाई स्कूल
3. एक तकनीकी शिक्षा स्कूल, जिसमें कारपेंटरी, बुनाई और कताई की पढ़ाई की व्यवस्था हो
4. चित्रकारी और मूर्ति कला की पढ़ाई की व्यवस्था
5. संगीत एवं नृत्य विद्यालय
6. अंग्रेजी माध्यम कन्या विद्यालय
7. शारीरिक शिक्षा विद्यालय
8. कृषि विद्यालय, पशुपालन और मुर्गी पालन शिक्षा विद्यालय
9. स्वास्थ्य शिक्षा विद्यालय

10. पब्लिक लाइब्रेरी

इसके अलावा इन विद्यालयों के लिए निम्न बातों को भी अनिवार्य बनाया गया था—

1. कॉलेज विद्यार्थियों के लिए छात्रावास
2. ठाकुर छात्रों के लिए छात्रावास
3. त्रिपुरा राज्य के छात्रों के लिए छात्रावास
4. बंगाली-हिंदू छात्रों के लिए छात्रावास
5. मणिपुरी छात्रों के लिए छात्रावास
6. लश्कर छात्रों के लिए छात्रावास
7. मुस्लिम छात्रों के लिए छात्रावास
8. अन्य पहाड़ी छात्रों के लिए छात्रावास
9. संगीत, नृत्य, चित्रकारी और मूर्तिकला छात्रों के लिए छात्रावास
10. कृषि विद्यालय के छात्रों के लिए छात्रावास
11. स्वास्थ्य शिक्षा विद्यालय के छात्रों के लिए छात्रावास
12. छात्रों के लिए अलग अस्पताल
13. सिनेमाघर

अर्थव्यवस्था

महाराजा बीर बिक्रम किशोर माणिक्य को अपने शासन के शुरुआती दिनों में आर्थिक मंदी से दो चार होना पड़ा था। मगर उनके द्वारा अपनाए गए सुधारवादी कार्यक्रमों से न सिर्फ राज्य की आर्थिक व्यवस्था मजबूत हुई, बल्कि विकास की बुलंदियों को छूने में सफल रहा। राज्य की बढ़ती जनसंख्या और पड़ोसी देशों से लोगों के स्थानांतरण की वजह से बीर बिक्रम के शासन में त्रिपुरा की जनसंख्या में भारी वृद्धि देखने को मिलती है। बढ़ती जनसंख्या और प्राकृतिक आपदाओं का असर राज्य की अर्थव्यवस्था पर भी पड़ा। मगर महाराजा बीर बिक्रम के सुधारवादी कदमों ने राज्य को

विपरीत स्थितियों से निकालकर आधुनिक त्रिपुरा के रूप में पहचान दिलाई। बढ़ती जनसंख्या से होने वाली चुनौतियों का मुकाबला करने के लिए महाराजा बीर बिक्रम ने प्रदेश की ऊसर और बंजर भूमि को खेती योग्य बनाकर कृषि क्षेत्र का विस्तार किया। खेती करने वाली अधिकांश जनता बंगाली समुदाय से थी और राज शासन को इनसे भारी कर प्राप्त होता था। वर्ष 1932–33 से 1942–43 के बीच राज्य की जनसंख्या 1.31 लाख थी, जोकि 1942–43 में बढ़कर 5.13 लाख हो गई। जनसंख्या के बढ़ते दबाव ने खेती योग्य भूमि का

Coins of Tripura Kings

दायरा बढ़ाने के लिए राजा को विवश किया। हालाँकि इस वजह से राज्य की आय में भारी बढ़ोतरी हुई।

भूमि कर और सड़क सेस से राज्य को होने वाली आय में दोगुने से भी ज्यादा की वृद्धि हुई। वर्ष 1932-33 में भूमि कर और सड़क सेस से राज्य को होने वाली आय 4.18 लाख थी। वर्ष 1942-43 में यह बढ़कर 8.44 लाख हो गई। राज्य की बढ़ती आय भूमि कर संग्रह की वृद्धि तक ही सीमित नहीं रही, बल्कि वस्तुओं से मिलने वाले सेवा कर और अन्य करों में भी इजाफा हुआ। व्यापार बढ़ने से कपास, तिलहन, जूट, चावल और वन उत्पादों के निर्यात में व्यापक बदलाव आया। इसके अलावा परिवार के जरिए दिए जाने वाले करों में भी वृद्धि देखी गई, क्योंकि पहाड़ी क्षेत्र में रहने वाले लोगों की आमदनी में इजाफा हुआ। वर्ष 1939-40 में कर संग्रह की राशि बढ़कर 77.8 हजार पहुँच गई थी। वर्ष 1939-410 में जब द्वितीय विश्व युद्ध की शुरुआत हो चुकी थी तो कपास का निर्यात अपने सर्वोच्च स्तर को पार करते हुए 68.9 हजार माउंडस पहुँच गया था। इन वर्षों में चावल के निर्यात में भी तेजी देखी गई। चावल का निर्यात 1941-42 में बढ़कर 7.8 लाख पाउंडस पहुँच गया था। अन्य महत्त्वपूर्ण वस्तु के रूप में लकड़ी का निर्यात 5.14 लाख सीएफटी से बढ़कर 6.02 लाख सीएफटी पहुँच गया था।

चाय उद्योग का बढ़ावा देने के लिए कदम

महाराजा बीर बिक्रम में त्रिपुरा के चाय उद्योग को बढ़ावा देने के लिए वर्ष 1934 में चाय बगान क्षेत्रों के विस्तार की योजना बनाई। इंडिया टी कंट्रोल एक्ट, 1933 के कुछ प्रावधानों को अपनाते हुए उन्होंने नए निर्देश जारी किए।

अनाज की पैदावार बढ़ाने का अभियान

देश के अनाज की पैदावार बढ़ाने के लिए भारत सरकार ने अभियान चला रखा था। महाराजा बीर बिक्रम किशोर माणिक्य के शासन में त्रिपुरा ने भी इस अभियान में बढ़-चढ़कर अपनी भागीदारी दिखाई। द्वितीय विश्वयुद्ध की

चुनौतियों पर पार पाने के मकसद से महाराज ने अपनी जनता से ज्यादा-से-ज्यादा अनाज की पैदावार बढ़ाने का आह्वान किया और इसके लिए माहौल बनाया। 14 फरवरी, 1931 को खोवाई डिविजन के कल्याणपुर का दौरा करते वक्त उन्होंने जमीनी समस्याओं से रू-ब-रू होने के लिए वहीं एक सप्ताह तक कैंप किया और जनजातीय लोगों से बातचीत की। उन्होंने खेती में नई एवं आधुनिक तकनीक के इस्तेमाल को प्रोत्साहित किया। जिसके बाद खोवाई नदी के इलाकों को हल से खेती के लिए आरक्षित क्षेत्र बना दिया गया। वर्ष 1943 में बंगाल के अकाल और भुखमरी से सबक लेते हुए महाराजा बीर बिक्रम ने अनाज के मामले में त्रिपुरा को आत्मनिर्भर बनाने की कल्पना के साथ राज्य के किसानों से अधिक अनाज उत्पादन का आह्वान किया। कृषि क्षेत्र को सुदृढ़ बनाने के लिए दूसरी बार अक्तूबर, 1943 को 1950 स्क्वायर माईल समतल इलाकों को आधुनिक खेती के लिए आरक्षित किया गया।

अगरतला में हवाई अड्डे का निर्माण

त्रिपुरा की भौगोलिक स्थिति को ध्यान में रखते हुए महाराज ने तत्कालीन भारत सरकार से अगरतला में हवाई अड्डा बनाने का आग्रह किया, जिसे सरकार ने स्वीकार कर लिया। इसके लिए खुद महाराज ने अपनी भूमि मुहैया कराई। हवाई अड्डे से जहाज का परिचालन शुरू होने के बाद राज्य सरकार ने 10 रुपया प्रति फ्लाइट लैंडिंग चार्ज लगाया। दरअसल, दूरदर्शी सोच की वजह से महाराजा बीर बिक्रम ने भविष्य की समस्या को पहले ही भाँप लिया था। चारों ओर भूमि से घिरे होने की वजह से त्रिपुरा के साथ जलमार्ग का संपर्क नहीं था। सड़क और संचार के अन्य साधन भी उतने प्रभावी नहीं थे। यही वजह रही कि महाराजा बीर बिक्रम ने हवाई यात्रा की ओर अपनी नजर दौड़ाई। बाद में उनकी सोच सही साबित हुई। जब युद्ध के समय पूर्वी पाकिस्तान ने अखौरा बॉर्डर को सील कर दिया था, तब कोलकाता से नमक और जरूरी उपयोग की वस्तुएँ हवाई जहाज के जरिए ही मँगाई गई थीं।

राज्य की आय के साधन

राज्य की आय का मुख्य साधन जमींदारी और कर संग्रह था। नगर निगम से कर संग्रह बढ़ाने के लिए वर्ष 1932 में बहुत सारे कदम उठाए गए; जैसे—

- अगरतला-अखौरा सड़क मार्ग पर चलने वाले वाहनों पर टैक्स लगाया।
- गाय और भैंस गाड़ियों पर लगने वाले कर में वृद्धि।
- वर्ष 1940 में जन्म-मृत्यु पंजीकरण व्यवस्था की शुरुआत।
- साइकिल चलाने वालों के लिए लाइसेंस अनिवार्य किया, बगैर लाइसेंस वालों पर 5 रुपए जुर्माने का प्रावधान
- अगरतला शहर के विकास के लिए समिति का गठन।

कृषि विकास

कृषि विकास के लिए महाराजा बीर बिक्रम ने अपने किसानों से खेती में तकनीकी के इस्तेमाल पर जोर दिया। वे किसानों के बीच जाकर उन्हें आधुनिक तकनीक से खेती की अपील करते थे। तब प्राचीन समय से चली आ रही झूम विधि से खेती होती थी। लेकिन महाराजा ने समतल भूमि के इलाके वाले अपने किसानों से आधुनिक हल के जरिए खेती करने को कहा। इसके लिए उन्होंने कुछ भूमि भी आरक्षित की। पहाड़ी क्षेत्रों के किसान अनाज के अलावा कपास, तिल, सब्जियाँ और व्यावसायिक उपयोग के लिए कुछ वन उपज उगाते थे। इन उत्पादों को राज्य से बाहर के लोग लेते थे। इन उत्पादों के निर्यात से राजा को कर प्राप्त होता था। जनजाति समुदाय के लोगों को गृह कर भी अदा करना पड़ता था। खेती भूमि के विस्तार के लिए ऊसर एवं बेकार भूमि को खेती के योग्य बनाया गया, ताकि राज्य की आमदनी बढ़ाई जा सके। महाराजा ने खुद जनता से अपील की कि वे अधिक-से-अधिक पैदावार करें। झूम खेती के अलावा मैदानी क्षेत्रों में भी खेती को बढ़ावा दिया गया। अपने

पिता बीरेंद्र किशोर माणिक्य द्वारा शुरू किए गए मृदा परीक्षण के कार्य को महाराजा बीर बिक्रम ने भी जारी रखा । आज हम मृदा परीक्षण पर जोर दे रहे हैं, लेकिन कृषि विकास के लिए अहम इस वैज्ञानिक कार्य की शुरुआत महाराजा बीर बिक्रम के जमाने में ही हो गई थी। इस बात से अंदाजा लगाया जा सकता है कि बीर बिक्रम दूरदर्शी सोच के कितने धनी थे।

कृषिक्षेत्र को बढ़ावा देने के लिए महाराजा बीर बिक्रम किशोर माणिक्य ने कृषि दफ्तर का पुनर्गठन किया। झूम खेती का उन्नयन, धान के साथ तंबाकू सरीखी नकदी फसलों को उगाने पर जोर देने के साथ गन्ना और जूट की खेती को बढ़ावा दिया। संबंधित विभाग के माध्यम से किसानों को खेती के लिए उन्नत बीज और छोटे-छोटे पौधे प्रदान करने की व्यवस्था शुरू की। भूमि संरक्षण कानून बनाया, ताकि झूम खेती वाले किसानों को समतल भूमि में नीचे आकर खेती करने का मौका मिले। क्योंकि समतल भूमि में खेती पर लागत कम और मुनाफा ज्यादा था। इससे स्पष्ट होता है कि महाराजा बीर बिक्रम अपने किसानों की आय बढ़ाने को लेकर विशेष रूप से प्रयासरत थे। इससे कृषि उन्नयन के मामले में राजा की दूरदर्शिता का पता चलता है। वर्ष 1931 में महाराजा बीर बिक्रम ने पहाड़ी क्षेत्रों में हो रही झूम खेती के इलाकों में 11000 हेक्टे. भूमि आधुनिक खेती के लिए संरक्षित किया। संरक्षित किए इलाकों में कैलाशर, खोवाई, खास कल्याणपुर, उदयपुर, सदर बिलोनिया और सबरूम के इलाके प्रमुख हैं।

उद्योग एवं व्यापार

त्रिपुरा में उद्योग-धंधों को बढ़ावा देने के प्रयास में महाराजा बीर बिक्रम किशोर माणिक्य ने शिल्प उद्योग पर खासा ध्यान दिया। हस्त शिल्प क्षेत्र की ओर राजा की पैनी नजर थी। उन्होंने कुटीर उद्योगों की स्थापना की। शिल्प क्षेत्र को आगे बढ़ाने के लिए अलग विभाग बनाया गया। पहले शिल्प क्षेत्र दूसरे विभागों के साथ जुड़ा हुआ था। इसके अलावा लकड़ी का व्यापार भी

जोरों पर था। 1925 में एक कॉन्फ्रेंस हुई, जहाँ पर लूंगाई फोरेस्ट में काम करने पर असम के साथ हो रही दिक्कतों को बातचीत से दूर किया गया। एक संयुक्त रिपोर्ट असम और त्रिपुरा सरकार के प्रतिनिधियों के जरिए सौंपी गई, जिसमें अहम बातों का जिक्र था।

त्रिपुरा शुरू से ही अपने प्राकृतिक संसाधनों से लबरेज रहा था। महाराजा बीर बिक्रम ने राज्य के उद्योग को बढ़ावा देने के लिए कृषि आधारित उत्पादों से जुड़े उद्योगों को बढ़ावा दिया, ताकि राज्य में उद्योग-धंधों का विस्तार होने का लाभ यहाँ के किसानों को ज्यादा-से-ज्यादा मिल सके। किसानों के हित को ध्यान में रखते हुए उन्होंने कृषि कर का विरोध किया। इसके लिए असम व बंगाल के साथ कानूनी लड़ाई भी लड़ी। साथ ही लकड़ी निर्यात उद्योग में आ रही दिक्कतों को दूर करने के लिए असम के साथ बातचीत की।

किसानों को उनके उत्पाद के लिए बाजार मुहैया कराने के लिए महाराजा बीर बिक्रम किशोर माणिक्य ने बहुत सारे गाँवों में मंडियों का निर्माण करवाया और उन्हें सड़कों से जोड़ा। इन मंडियों में किसान जाकर अपना उत्पाद बेचते थे। मंडियों तक सड़क पहुँचाने के लिए खजाने से भारी भरकम रकम खर्च हुई। इसकी भरपाई के लिए महाराजा बीर बिक्रम ने धान पर दो आने का कर लगाया था। इस कर से आने वाले धन को सड़क-निर्माण में खर्च किया गया, ताकि मंडी तक सड़क सुनिश्चित हो सके और किसानों को मंडी तक अपना सामान लाने में कोई दिक्कत न हो।

जनजाति और मणिपुरी बिरादरी के लिए ताँत सिल्क का पुनरुद्धार किया। त्रिपुरी जनजाति समुदाय के लिए ताँत सिल्क एक परंपरा बन गई थी। ताँत सिल्क को आगे बढ़ाने के लिए सरकार ने खुद से प्रयास किया था। महाराजा का ध्यान अन्य विभागों से ज्यादा इस विभाग पर था। लघु एवं कुटीर उद्योग को आगे बढ़ाने के लिए अन्य बहुत सारे प्रयास किए गए। शिल्प के अलावा बाँस से बनने वाले उत्पादों को भी बढ़ावा दिया गया और उनके लिए बाजार की व्यवस्था सुनिश्चित की गई। महाराजा इस बात को अच्छी तरह

जानते थे कि लघु उद्योगों को बढ़ावा दिए बिना राज्य का विकास संभव नहीं है। इससे जहाँ एक ओर राज्य की अर्थव्यवस्था मजबूत होगी, वहीं दूसरी ओर राज्य का विकास भी होगा। राज्य के कपास, जूट, चाय, चावल और लकड़ी आदि वस्तुओं को दूसरे राज्यों में बिक्री के लिए भेजा जाता था। चाय उद्योग को बढ़ावा देने के लिए महाराजा ने भारत सरकार के कदम पर अमल करते हुए 'इंडियन टी कंट्रोल ऐक्ट' को राज्य में अपनाया।

महाराजा बीर बिक्रम उद्योग की जरूरतों को समझते थे। उन्हें मालूम था कि राज्य के बुनियादी ढाँचे का विकास किए बिना उद्योग की रफ्तार तेज नहीं हो सकती है। इसलिए उन्होंने सड़क बनाने और अन्य बुनियादी विकास पर जोर दिया। हवाई अड्डे से लेकर सड़क मार्ग सबको मजबूत बनाया। उदयपुर-कमलासागर से बिरेंद्र नगर तक उन्होंने दो रेलवे लाइनों को मंजूरी दी। उस वक्त त्रिपुरा से बाहर जाने के लिए रेलसेवा एकमात्र साधन हुआ करती थी। महाराजा इस रेलसेवा का विस्तार राज्य के अन्य हिस्सों में भी

जनता दारबार में जननायक महाराजा बीर बिक्रम किशोर माणिक्य

करना चाहते थे। उन्होंने रेल लाइन विस्तार के लिए मैसर्स मार्टिन एंड कंपनी से आग्रह किया।

वर्ष 1944 में महाराजा बीर बिक्रम किशोर माणिक्य ने बाजार का अध्ययन करने के लिए समिति का गठन किया। द्वितीय विश्वयुद्ध के प्रभाव से बिगड़े हालातों के मद्देनजर राज्य में वस्तुओं के दाम आसमान पर चढ़ गए थे। लेकिन उपभोक्ताओं पर महँगाई की मार न पड़े, इसे ध्यान में रखते हुए महाराजा ने समिति का गठन किया। समिति की रिपोर्ट आने के बाद उन्होंने मूल्यवृद्धि के खिलाफ ढेर सारे कदम उठाए।

त्रिपुरा के अनानास की उस वक्त भी थी धूम

त्रिपुरा के अनानास की चर्चा महाराजा बीर बिक्रम किशोर माणिक्य के शासन में भी थी। जिस तरह से देश का हर राज्य अपने किसी-न-किसी फल के लिए जाना जाता है। ठीक उसी तरह महाराजा बीर बिक्रम माणिक्य के शासन काल में त्रिपुरा रसीले अनानास के लिए पहचाना जाता था। वर्तमान शासन की तरह महाराजा बीर बिक्रम दूसरे राज्यों और महाराजाओं से संपर्क बढ़ाने व शासन से जुड़े अंग्रेज अधिकारियों को भी वे नियमित अपने प्रदेश का स्वादिष्ट फल अनानास भेजते थे। इस वजह से त्रिपुरा का अनानास महाराजा बीर बिक्रम के शासन में राज्य की पहचान बन गई थी। कभी-कभी वे गढ़वाल, मध्य प्रदेश के पन्ना और मुर्शिदाबाद में रेल के माध्यम से अनानास भेजते थे। उस वक्त सभी लोगों ने त्रिपुरा के अनानास की भूरि-भूरि प्रशंसा की। इस दौरान मुर्शिदाबार के नवाब ने महाराजा के अनानास भेजने के बदले अपने राज्य का स्वादिष्ट आम भेजा। बीर बिक्रम के राजत्व काल में उसके राज्य प्रशासन को बहुत सारे ऐसे पत्र मिले, जिसमें अनानास के कूटनीतिक चरित्र का वर्णन पाया गया। महाराजा बीर बिक्रम किशोर माणिक्य वैसे तो पूर्वोत्तर भारत के राज्यों का चेहरा थे। लेकिन उनके संबंध देश के अन्य राज्यों और शासकों से भी बेहतर बने थे। वे उन राज्यों और शासकों को अपने प्रदेश से अक्सर अनानास भेजते रहते थे। जिसकी वजह से इन राज्यों और शासकों

से उनके संबंध और गहरे बने। आलम यह था कि पन्ना राजा के सचिव ने खुद पत्र लिखकर अनानास भेजने के लिए महाराजा बीर बिक्रम का धन्यवाद जताया। नीलम बाग राजा के प्रशासन ने अनानास भेजने को लेकर जो बीर बिक्रम को पत्र लिखा था, उसमें कहा गया, जो अनानास भेजे गए थे। वह उन्हें प्राप्त हुआ लेकिन पार्सल खोलने पर अनानास सड़े निकले। बावजूद उनके अनानास भेजने के लिए धन्यवाद। इसके अलावा ब्रिटिश अधिकारियों, वायसराय और तमाम गवर्नरों की ओर से भी अनानास मिलने का संदेश पत्र बीर बिक्रम प्रशासन को प्राप्त हुए।

क्वीन अनानास, त्रिपुरा

कला, साहित्य, संगीत और वास्तु प्रेम

महाराजा बीर बिक्रम किशोर माणिक्य को कला, साहित्य, संगीत और वास्तुकला से बेहद लगाव था और इन क्षेत्रों से जुड़े लोगों का वे सम्मान भी करते थे। साहित्य के प्रचार-प्रसार को बढ़ावा देने में उनकी व्यक्तिगत रुचि थी। वह खुद भी एक गीतकार थे। कला, साहित्य और संस्कृति के प्रचार-प्रसार के लिए उन्होंने ढेरों कदम उठाए। स्थानीय जर्नल और किताबें छपवाने में उनकी गहरी रुचि थी। सांस्कृतिक क्षेत्र में उनके प्रयासों की जनता में चर्चा

राज दरबार में महाराजा बीर बिक्रम

होती थी। उनके शासन काल में 'रवि' नामक त्रैमासिक जर्नल और 'जागरण' नाम से मासिक जर्नल का प्रकाशन होता था। वर्ष 1931 में कलकत्ता में आयोजित रबींद्र जयंती कला प्रदर्शनी की उन्होंने अध्यक्षता की थी। इसी वर्ष कोमिला में ऑल बंगाल लिटरेसी सम्मेलन का आयोजन किया गया। इसके बाद ऑल इंडिया मुस्लिम सम्मेलन का आयोजन कलकत्ता में हुआ।

विश्वकवि गुरुदेव रबींद्र नाथ ठाकुर के 80वें जन्मदिवस के अवसर पर उन्होंने एक बड़ा आयोजन कर उन्हें 'भारत भास्कर' सम्मान से नवाजा। इससे पहले ठाकुर के 70वें जन्मदिवस के अवसर पर महाराजा ने उनके काव्यों को लेकर कलकत्ता के टाउन हॉल में आयोजित प्रदर्शनी का उद्घाटन किया। जो कि साहित्य के प्रति उनके लगाव और उससे जुड़े लोगों के प्रति उनके सम्मान को दर्शाता है। 7 जनवरी, 1939 को महाराजा बीर बिक्रम किशोर माणिक्य ने कवियों के विशेष आग्रह पर शांति-निकेतन का दौरा किया। इस अवसर पर महाराजा बीर बिक्रम ने विश्व भारती में संगीत भवन के विस्तार के लिए 20 हजार रुपए की मदद की। तो पड़ोसी राज्य मणिपुर के नृत्य को बढ़ावा देने के लिए भी प्रयास किए। मणिपुरी नृत्य को बढ़ावा देने के लिए उन्होंने ठाकुर नबकुमार सिंह को मुणिपुरी नृत्य सिखाने के लिए त्रिपुरा से कलकत्ता के विश्व भारती विद्यालय में भेजा। अपने विदेश दौरे के दौरान वे त्रिपुरा के प्रसिद्ध कलाकार ठाकुर धीरेंद्र कृष्ण देबबर्मन को साथ लेकर गए। इसके बाद धीरेंद्र कृष्ण देबबर्मन का चयन लंदन के इंडियन हाउस में कला कार्य के लिए भारत से भेजे जाने वाले चार कलाकारों में से एक के रूप में हुआ। इसके अलावा उन्होंने ध्वज नगर और उदयपुर में रासलीला का आयोजन करवाया। बाद में यह रासलीला धन एकत्रित करने का भी जरिया बना। वे रॉयल ज्योग्राफिकल सोसायटी, रॉयल सेंट्रल एशियन सोसायटी एवं रॉयल सोसायटी ऑल लिटरेचर, लंदन के आजीवन फेलो रहे। वे गीत की रचना खुद करते थे और खुद ही उसे गाते भी थे। उन्हें हिंदू शास्त्रीय संगीत का ज्ञान था। उनकी लिखी कव्वाली 'मधू, माधवी सारंग' काफी लोकप्रिय हुई।

महाराजा बीर बिक्रम द्वारा बनवाया गया नीर महल

अपने इस हुनर को वे पहचान नहीं देना चाहते थे। इसलिए अपने लिखे गीतों के साथ वे अपना नाम नहीं लिखते थे। लेकिन 'होली' ग्रंथ में उनके नाम का जिक्र मिलता है। वे नाटक भी लिखते थे। उनका लिखित नाटक 'चार कुमुदिनी, राधा कृष्णेर लिला बिलास' ऐतिहासिक रहे। वर्ष 1934 में उन्होंने कलकत्ता के त्रिपुरा हाउस मंच पर राधा कृष्णेर लिला नाटक का दूसरे कलाकारों से मंचन करवाया। उनके द्वारा लिखे गए एक और नाटक 'जयावती' को भी ऐतिहासिक माना गया। त्रिपुरा के लोगों ने राज्य में इस नाटक का मंचन किया। वर्ष 1939 में विश्व यात्रा के दौरान उन्होंने अपनी यात्रा के अनुभवों पर आधारित 'मेमोरेंडम ऑफ वर्ल्ड टूर' नामक किताब लिखी। इसमें बहुत सारी पांडुलिपियाँ थीं। इसके माध्यम से लोगों को तमाम देशों की राजनीति, वहाँ की व्यवस्था, नैसर्गिक सुंदरता और रहन-सहन का भान हुआ। इसके अलावा उन्हें आतंरिक साज-सज्जा की भी भरपूर जानकारी

थी। वर्ष 1944 में कलकत्ता स्थिति कला केंद्र कॉलेज के प्रिंसिपल रमेंद्र नाथ चक्रवर्ती ने महाराजा को केंद्र देखने का आमंत्रण दिया और उनसे सुधार के लिए सुझाव माँगे। वर्ष 1940 में कलकत्ता के श्रद्धानंद पार्क में महाराजा ने त्रिपुरा की शिल्पकला की प्रदर्शनी लगाई, जिससे बाकी राज्यों के लोग त्रिपुरा की शिल्प कला को पहचान सकें।

রাজ-সিংহাসন

नीर महल

महाराजा बीर बिक्रम किशोर माणिक्य के वास्तुकला प्रेम का नमूना नीर महल आज भी मौजूद है। वर्ष 1930 में ग्रीष्म ऋतु में निवास के लिए उन्होंने नीर महल बनवाया था। यह महल प्राकृतिक सुंदरता वाले रुद्र सागर के बिल्कुल बीचोबीच बना हुआ है। वर्तमान में यह राज्य का प्रमुख पर्यटक स्थल बना हुआ है। यही नहीं, महाराजा के काल में बने धार्मिक स्थलों की बनावट भी अद्‌भुत है। सारे निर्माण एक सरीखे हैं।

ब्रिटिश शासन एवं संप्रभु त्रिपुरा

भारत में ब्रिटिश राज होने के बावजूद त्रिपुरा की पहचान एक संप्रभु एवं स्वतंत्र राज्य के रूप में रही। बंगाल और असम के साथ हुए कृषि आय के मामले में ब्रिटिश सरकार ने न्यायालय को स्थिति स्पष्ट करते हुए लिखा कि त्रिपुरा राज्य की स्थिति स्वतंत्र शासक के रूप में है। इसकी स्थिति का जिक्र ब्रिटिश कानून में भी नहीं है। यह स्थिति पहले से ही चली आ रही थी। इंडियन कोड ऑफ सिविल प्रोसेड्यूर की धारा 85 और 86 के तहत त्रिपुरा को स्वतंत्र शासन के रूप में माना गया। इससे स्पष्ट होता है कि ब्रिटिश

THE CONSTITUTION OF INDEPENDENT TRIPURA 1351 T.E (1941 A. D.)

PREFACE

The historians know that the Mongoloid people known as Kirata settled in the eastern part of India long before 1200 B.C. They were warrior race by nature. For this reason, in much letter period, they could protect their land from foreign Turkeys and Muslims from North India successfully. "Therefore, entire Assam were never under Turkeys or Mohammedans of India. In letter period, though Srihatta (Sylhet) was won by the Mohammedans, but Tripura was all alone independent – with valor and superior tactics of the war, they have ousted the foreigners".

The prestigious old kingdom was ruled by 185 kings by a single dynasty and most of their kings titles were 'Fa', till Fa assumed the title of Manikya in the second quarter of the 15th century. He died in 841 T.E. (1431 AD). The ancesters of Manikya dynasty once created an empire for themselves, spreading over a vast tract of land in the eastern part of India. The kingdom of Tripura passed through several vicissitudes of history. Many foreign hordes kept on rushing to Tripura. "Still at various times, the ancient state of Tripura gained conquest and possession which carried its army from Sundarban in the west to Burma in the east, and kamrup in the north and Burma in the south." (Treaties Engagement and Sanads, related to the territories).

Centuries of struggle that followed, however, led to the plains which finally came under British Rule in 1865 and the occupied portion known as Rosanabad estate was held by the Ruler as a Zamindary forming an indivisible appendage of the state. As for the remaining portion, shrunk as it was, no doubt gradually of a considerable extent of its area by various adverse forces at work, this silent and gradual absorption of the states territories into British India by 'a mysterious process which has astounded even responsible British officials like Sir John Edger'. (An original letter from the Prime Minister of Tripura to His Highness Maharaja proves the validity of this fact) *1. In this way the British administration cut Tripura into size, at the time of their rule in India. It has survived these hostile influences and retained a shade of its ancient prestige ..a fact that really accounts for the full sovereign power of internal administration, legislative and judicial. *2 inspite of its comparatively modest size and income. "INDEPENDENT TIPPERA" as was official title of the state till 1866 ....

১৩৭ ত্রিপুরা জাতির ইতিহাস ও সংস্কৃতি

tions under his examination as Audit Officer;

(j) Issuing necessary instructions in his discretion on all officers concerned for adoption of all feasible measures calculated to facilitate Audit work;

(k) Drawing up detailed Rules regarding audit, and promulgating such Rules with the approval of the Final Audit Authority (Finance Minister) and the Mantri Parishat.

(Sanctioned under His Highness the Maharaja Manikya Bahadur's Order No. 997 (Camp) D.20.3.51 T.E., and published in the special issued of the State Gazette D. 1.4.51 T.E.)

THE CONSTITUTION
OF
THE TRIPURA STATE

(THE GOVERNMENT OF TRIPURA ACT OR 1 OF 1351, T.E.)

PRINTED AT THE STATE PRESS, AGARTALA
1351 T.E.

No. 997 Camp.

(Sd.) B. B. K. Manikya.

ORDER

DURBAR BISHAMA-SAMARA-BIJOYEE MAHAMAHODAYA
PANCHA
SREEJUKTA CAPTAIN HIS HIGHNESS MAHARAJA MANIKYA
SIR BIR BIKRAM KISHORE DEV BARMA BAHADUR.
K. C. S. I., RULER OF TRIPURA;
Dated, Agratala, the 20th – 1351 T.E.

Where in my New Year's Day Proclamation of 1349 T.E. in announcement of certain Administrative Reforms, I promised to my beloved people the early grant of a written CONSTITUTION in accordance with which the Government to Tripura would in future be conducted;

And whereas my desire so expressed has since been carefully considered by a Committee of experts with reference to all local conditions and environments, and a draft CONSTITUTION drawn up as a Bill has been sub-

No. 162

Sd. B.B. K. Manikya
1.1.49 T.E

PROCLAMATION
OF
Captain His Highness Bishama-Samara-Bijoyee Mahamahodaya Pancha Srijukta Maharaja Manikya Sir Bir Bikram Kishore Dev Varma Bahadur, K.C.S.I., Maharaja of Tripura.

Datet, Agartala, the 1st Baisakh, 1349 T.E.

WHEREAS is has been my constant endeavour ever since my accession to inaugurate and promote educative and constructive measures for the uplift of my beloved subjects and to inculcate in them civic ideals of self-help, co-operation, and devotion to the State.

AND WHEREAS it is now my earnest desire to provide for a substantially increasing association of my beloved people with my Government, not only as a step calculated to be beneficial to all concerned, but in ardent response to the demands of the times about which there must be in this State, as elsewhere, a growing consciousness;

AND WHEREAS my resolve has by my desire been considered and formulated by a Committee of experts with due regard to all local conditions and environments;

IT IS THEREFORE, a matter of sincere pleasure to me, to announce the immediate grant to the State of Tripurra of a Constitution in accordance with which its Administration shall hereafter be conducted, and the introduction thereunder forth with of the subjoined measures of Administrative Reform, namely.

FIRST, the establishment of a Rajsabha or Privy Council to assist me as an advisory body in matters both executive and judicial, consisting of experienced and noted persons-not more than fifteen in number-both of the State and outside, and nominated in the case of the State from different sections of people, including members of the Legislative Assembly, trusted officials and non-officials; it is my earnest hope that I shall receive material help from such a body of veterans, whose advice it will be my constant desire to seek;

SECONDLY, the improvement in the organization and personnel of the Khas Adalat or High Court which already exists as the highest independent Judicial Tribunal of the State presided over by an eminently qualified

১৪৫ ত্রিপুরা জাতির ইতিহাস ও সংস্কৃতি

is not held by gift from the British Government or its predecessors or under and title derived from it or them, never having been subjected by the Moguls. "(Treaties Engagement and Sanad 1862)." The Maharaja of Tripura, has been recognised by His Majesty as the Ruler of the India state of Tripura since the 13th August 1923. His Majesty's Government do not regard or treat His Highness or his subjects as subjects of His Majesty and they do not regard or treat Tripura as being part of British India or His Majesty's dominions ... As such, he possesses various attributes of sovereignty, including internal sovereignty which is not derived from British law, but is inherent in the Ruler". (1945 A.D. Court of the 2nd Judge at Alipur Deposition from Secretary to His Excellency Crown Representative). In latter period, along with the changes of the general history of Tripura, the evolution of the administrative patterns changes from tribalism to feudalism then through absolute monarchy, and aristocracy took place surreptitiously, and at the end it reached its climax during the reign of His Highness Maharaja Bir Bikram Kishore Manikya (1923-1947(who announced the Constitution for Tripura through his proclamations in 1349 T.E. (1939-40 A.D.). **A royal proclamation for making a constitution was made on the 1st Baisakh, 1349 T.E. (14th April, 1939 A.D.), which was the new year's day in the state according to the Tripura Era, must be regarded as a red letter day in its annals.**

The peroration of the proclamation was worthy of subject and the occasion :

"It is my earnest prayer to God Almighty", observed His Highness addressing the vast gathering "That the governing and the governed in this ancient state may now by. His Grace join hands in a new spirit of cooperation and enhanced amity, and restore to it combined efforts all its prising the olden times, but the abiding glory and prestige of an organised state ...with modern thought in shaping the guiding principle and rendering it invulnerable in the prosperity, happiness and contentment of the people.

The elaborate proclamation even remains a part of the Constitution. A team of administrators, experts and lawyers laboured hard to draft the promulgation and to finalise the Constitution. But the wise readership of Maharaj Bir Bikram Kishore Manikya was indispensable to the new adventure of framing the Constitution, which was an exercise well ahead of the time in this region. The quintessence of the Constitution has been summed up in the very first paragraph of the promulgation : "to inculcate in them civic ideals of self help, co-operation, and devotion to the state."

ত্রিপুরা জাতির ইতিহাস ও সংস্কৃতি ১৩৮

शासन के मातहत रहने के बावजूद त्रिपुरा एक स्वतंत्र एवं संप्रभु राज्य था। इसके लिए महाराजा बीर बिक्रम किशोर माणिक्य और उनके पूर्ववर्ती राजाओं के प्रभाव को भी वजह माना जा सकता है। क्योंकि भारतीय राजघरानों में माणिक्य राजवंश की पहुँच ब्रिटिश शासन के प्रमुखों तक ज्यादा थी। महाराजा बीर बिक्रम की विदेश नीति में भी इसकी झलक दिखती है। महाराजा बीर बिक्रम ने अपनी इंग्लैंड यात्रा के दौरान 23 जून, 1936 को बर्मिंघम पैलेस में ब्रिटिश सम्राट् से मुलाकात की थी। ब्रिटिश सम्राट् से महाराजा बीर बिक्रम की मुलाकात के वक्त ब्रिटिश महारानी भी वहाँ मौजूद थीं। यह दिन इसलिए विशेष था, क्योंकि इस दिन ब्रिटिश महाराजा का जन्मदिवस था।

असम और बंगाल के साथ हुए कृषि आयकर के मामले में अपना फैसला सुनाते हुए कलकत्ता उच्च न्यायालय ने 30 जुलाई, 1948 को स्पष्ट किया कि कर देने के लिए त्रिपुरा राज्य बाध्य नहीं है। ब्रिटिश शासन के साथ त्रिपुरा के संबंधों का विस्तार से वर्णन करते हुए ब्रिटिश शासक के प्रतिनिधि ने 8 जून, 1945 को एक प्रमाण-पत्र जारी किया। यह प्रमाण-पत्र ब्रिटिश शासक के राजनीतिक विभाग ने महाराजा बीर बिक्रम बनाम असम और बंगाल के मामले में त्रिपुरा की स्थिति स्पष्ट करने के लिए जारी किया था। इस प्रमाण-पत्र में स्पष्ट किया गया कि त्रिपुरा ब्रिटिश भारत का राज्य नहीं था और ब्रिटिश भारतीय सरकार त्रिपुरा महाराजा की महिमा और उनके विषयों का सम्मान करती है। इससे पहले वर्ष 1883 में भी कलकत्ता उच्च न्यायालय ने रोशनाबाद जमींदारी मामले में त्रिपुरा के महाराजा की कानूनी स्थिति का बचाव करते हुए हिल त्रिपुरा को संप्रभु राज्य करार दिया था। धारा-433 के प्रावधानों का हवाला देते हुए न्यायालय ने स्पष्ट किया था कि त्रिपुरा के सत्तासीन शासक पर ब्रिटिश भारतीय मुकदमा नहीं कर सकता है। ब्रिटिश कंपनी अधिकारियों के बीच त्रिपुरा के स्वतंत्र-स्वरूप की चर्चा लंबे अरसे से चली आ रही थी। लेकिन 1948 में न्यायालय ने स्पष्ट कर दिया था कि त्रिपुरा स्वतंत्र राज्य है। राज्य में अपना राजनीतिक एजेंट नियुक्त करते वक्त ब्रिटिश शासन की

হুসেন শাহ-র সেই কামান যা এখনো সুরক্ষিত রয়েছে
রাজধানীর পোস্ট অফিস চৌমুহনীতে

ओर से त्रिपुरा के तत्कालीन महाराजा को स्पष्ट किया गया कि राजनीतिक एजेंट की नियुक्ति के जरिए उनकी मंशा राज्य के कार्यों और उसके मामलों में हस्तक्षेप की नहीं है। राजनीतिक एजेंट का पद अलग था, मगर 1878 में इस पद को भी समाप्त कर ब्रिटिश भारत सरकार ने इसके दायित्व को जिलाधिकारी के अधीन कर दिया, ताकि राज्य शासन के साथ किसी भी तरह की टकराव की स्थिति न रहे। वर्ष 1890 में सहायक राजनीतिक एजेंट के

पद को भी खत्म कर उसके कार्य जिलाधिकारी को सौंप दिए गए। वर्ष 1910 में रेजीडेंट राजनीतिक एजेंट की अगरतला में व्यवस्था बहाल की गई। यह व्यवस्था वर्ष 1922 तक जारी रही। नए कानूनी प्रावधान के बाद वर्ष 1922 से राज्यों का सीधा संबंध केंद्र से स्थापित हो गया।

विदेश नीति एवं यात्रा

महाराजा बीर बिक्रम के विदेश दौरों पर होने वाले खर्च को लेकर आज के विद्वान सवाल उठा सकते हैं। मगर युवावस्था में इंग्लैड और अमेरिका की उनकी यात्रा ने त्रिपुरा को आधुनिक बनाने में बहुत योगदान दिया। अपनी विदेश यात्राओं के दौरान वे वहाँ के महत्त्वपूर्ण नेताओं और समाज के प्रबुद्ध लोगों से मुलाकात जरूर करते थे। साथ ही वहाँ की सामाजिक और आर्थिक स्थिति का विश्लेषणात्मक अध्ययन भी करते थे। महाराजा के जरिए त्रिपुरा को आधुनिक बनाने के लिए उठाए गए कदमों और किए गए कार्यों को देखकर लगता है कि उनकी विदेश यात्राएँ पूरी तरह से इन विकसित राष्ट्रों

के हालात, उनकी शैक्षणिक व्यवस्था, औद्योगिक विकास, सैन्य सेवा, शहरी विकास और स्वास्थ्य सेवाओं को समझने और उसका अध्ययन करने के मकसद से ही थीं। साथ ही इन यात्राओं के माध्यम से उन्होंने विश्व के प्रमुख नेताओं से प्रगाढ़ संबंध बनाए। विदेश यात्रा के दौरान महत्त्वपूर्ण राष्ट्रों के प्रमुख नेताओं से हुए उनकी मुलाकात त्रिपुरा के वैभव व पराभाव की गाथा बयाँ करती है। इंग्लैंड के बर्मिंघम पैलेस में वहाँ के महाराजा और महारानी के साथ उनकी मुलाकात उस वक्त हुई, जब भारत समेत विश्व के अधिकांश भागों पर ब्रिटेन का राज था। अमेरिकी राष्ट्रपति से भी उनकी मुलाकात व्हाइट हाउस में हुई। यही नहीं, तब के ताकतवर नेताओं में गिने जाने वाले मुसोलिनी और हिटलर से भी उनकी मुलाकातें हुईं। हिटलर से मुलाकात के बाद उन्हें गॉर्ड ऑफ ऑनर दिया गया। उस वक्त त्रिपुरा सरीखे छोटे राज्य के शासक को विश्व के बड़े नेताओं से इस तरह का सम्मान महाराजा बीर बिक्रम की महानता का बोध कराता है तथा उनकी विदेश नीति की मजबूती की ओर भी इशारा करता है। वे कोई भी कार्य दृढ़ता और निश्चय से करते थे। द्वितीय विश्व युद्ध की शुरुआत में ही उन्होंने यह कह दिया था कि युद्ध में विजय ब्रिटिशों की होगी।

विदेश यात्राओं का विवरण

अपनी पहली विदेश यात्रा के लिए महाराजा बीर बिक्रम 20 जनवरी, 1930 को अगरतला से बॉम्बे के लिए रवाना हुए। 1 फरवरी, 1930 को उन्होंने बॉम्बे से लॉयड ट्रीसटीनो स्टीमशिप, एसएस गंगे जहाज से अपनी यूरोप यात्रा की शुरुआत की। पहली यूरोप यात्रा के दौरान उन्होंने नेपल्स, रोम, पेरिस, ब्रूसेल्स, लंदन, बेलफास्ट, हेग, बर्लिन, पराग्वे समेत इन देशों के अन्य नामी शहरों का दौरा किया। पहली यूरोप यात्रा के दौरान उनकी मुलाकात तब के उल्लेखनीय व्यक्तियों से हुई। पोप पॉयस-II, बेनिटो मुसोलनी, इंग्लैंड के महाराजा और महारानी, प्रिंस ऑफ वेल्स और द् ड्यूक ऑफ कनॉट से

उनकी मुलाकात उल्लेखनीय रही। अपनी पहली यूरोप यात्रा की समाप्ति के लिए महाराजा बीर बिक्रम ने 24 सितंबर, 1930 को भारत के लिए जहाज पकड़ा। 6 अक्तूबर, 1930 को वे बॉम्बे पहुँचे और 18 अक्तूबर को उनका अगरतला लौटना हुआ।

Times Wide World

A PRINCE OF INDIA HERE WITH HIS SISTER
Maharajah of Tripura and the Ranee of Baria arriving yesterday

दूसरी यूरोप यात्रा

पहली सफल यूरोप यात्रा के बाद महाराजा बीर बिक्रम ने त्रिपुरा में सुधारों पर जोर दिया। वर्ष 1936 में दूसरी बार उनकी यूरोप यात्रा का अवसर आया। यह अवसर राजकाज की वजह से नहीं, बल्कि पारिवारिक कारणों से आया। इसके बावजूद उन्होंने अपने इस अवसर को भी सोच का दायरा बढ़ाने के रूप में इस्तेमाल किया। उनकी दूसरी यूरोप यात्रा का मकसद बीमार बहन की कुशलक्षेम पूछना था। डॉक्टरी सलाह पर उनकी बहन स्विट्जरलैंड में रह रही थीं। मगर त्रिपुरा के राजनीतिक महत्त्व के लिए उनकी यह यात्रा बेहद सफल रही। इस यात्रा के दौरान उन्होंने इंग्लैंड के महाराजा और महारानी से बर्मिंघम पैलेस में मुलाकात की। हिटलर से भी उनकी इसी यात्रा के दौरान मुलाकात हुई। इसलिए निजी कारणों से हुई उनकी दूसरी यूरोप यात्रा त्रिपुरा के विकास के लिए बेहद अहम बन गई।

यूरोप की अपनी इस यात्रा की शुरुआत महाराजा बीर बिक्रम ने 27 अप्रैल, 1936 को अगरतला से की; 16 मई को वे बॉम्बे से पानी के जहाज पर सवार होकर यूरोप के लिए रवाना हुए। 23 जून, 1936 को बर्मिंघम पैलेस में उनकी मुलाकात ब्रिटिश सम्राट् से हुई। ब्रिटिश सम्राट् से उनकी मुलाकात भी खास अवसर पर हुई। जिस दिन ब्रिटिश सम्राट् से महाराजा बीर बिक्रम की मुलाकात हुई, उसी दिन उनका जन्मदिवस भी था। ब्रिटिश सम्राट् से जन्मदिवस के खास अवसर पर महाराजा बीर बिक्रम के भेंट के मायने देखें तो यही नजर आता है कि ब्रिटिश शासन में इतना मान-सम्मान किसी भी भारतीय राजा का नहीं था, जितना कि त्रिपुरा के महाराजा बीर बिक्रम किशोर माणिक्य का था।

इंग्लैंड के बाद वे जर्मनी चले गए। बर्लिन में रहने के दौरान महाराजा बीर बिक्रम की मुलाकात जर्मनी के शासक एवं चांसलर एडोल्फ हिटलर से हुई। चांसलर के घर से रवानगी के समय जर्मनी शासन की ओर से उन्हें गार्ड ऑफ ऑनर दिया गया। यहाँ वे 11वें विश्व ओलंपिक खेलों के साक्षी

महारानी कंचन प्रभा देवी के साथ महाराजा बीर बिक्रम (विदेश यात्रा के दौरान)

भी बने, जो कि जर्मनी में ही आयोजित हो रहे थे। खेलों के प्रति यह उनका लगाव ही था कि वे ओलंपिक खेलों के गवाह बने। अपनी दूसरी सफल यूरोप यात्रा पूरी कर महाराजा बीर बिक्रम माणिक्य 10 सितंबर, 1936 को बॉम्बे वापस लौटे।

तीसरी यूरोप एवं विश्व यात्रा

महाराजा बीर बिक्रम ने अपनी तीसरी यूरोपीय यात्रा वर्ष 1939 में द्वितीय विश्वयुद्ध के साए में की। उनकी यह यात्रा हालाँकि विश्व भ्रमण यात्रा में तब्दील हो गई। इस यात्रा के दौरान यूरोप के अलावा वे अमेरिका भी गए। 23 मई, 1939 को वे अगरतला से यूरोप यात्रा के लिए बॉम्बे रवाना हुए। 3 जून को यूरोप के लिए मुंबई से पानी जहाज से रवाना हुए। उनकी यह यात्रा लगभग पूरे विश्व भ्रमण की थी। इस बार वे 17 जुलाई, 1939 को लंदन से न्यूयॉर्क पहुँचे। 31 जुलाई को अमेरिका के तत्कालीन राष्ट्रपति

The Maharaja of Tripura in his saloon before departure.

फ्रेंकलिन डिलानो रोजवेल्ट से वाशिंगटन के व्हाइट हाउस में मुलाकात की। जब द्वितीय विश्वयुद्ध छिड़ा, तब महाराज ने न्यूयॉर्क से ही भारत के वायसराय से बात की और राज्य की शासकीय सेना की मदद का भरोसा दिया। तब राज्य की सरकार से लेकर आम जनता तक ने द्वितीय विश्वयुद्ध में हर संभव योगदान दिया।

तब लॉस एंजिल्स में कैलिफोर्निया रेडियो के प्रसारण में महाराजा बीर बिक्रम ने ब्रिटिश सेना की निश्चित जीत के प्रति अपना गहरा विश्वास जताया। उनके इस विश्वास की अमेरिकन मीडिया ने काफी सराहना की थी। 13 अक्तूबर, 1939 को वे सेन फ्रांसिसको से भारत के लिए रवाना हुए। 7 माह के बाद 24 दिसंबर, 1939 को वे कलकत्ता वापस लौटे। विदेश के इन दौरों ने निश्चत ही महाराजा बीर बिक्रम के व्यक्तित्व को देश के समतुल्य शासकों के बीच ऊँचाई प्रदान की।

स्वदेश भ्रमण

विदेश दौरों की तरह महाराजा बीर बिक्रम ने देश के अन्य राज्यों का भी सघन दौरा किया। यही वजह है कि भारत के अन्य राज्य और तत्कालीन शासकों से महाराजा के संबंध बहुत बेहतर थे। विदेश नीति की तरह उनकी स्वदेश नीति भी कारगर थी। अन्य राज्यों की उनकी यात्रा के पीछे भी उनका मुख्य मकसद दूसरे प्रदेशों की स्थिति को करीब से समझना ही था, ताकि अपने त्रिपुरा प्रदेश को वे सर्वश्रेष्ठ प्रदेश बना सकें। राज्य का शासक बनने के बाद 23 सितंबर, 1929 को महाराजा बीर बिक्रम स्वदेश भ्रमण को निकले। इस दौरान उन्होंने शिलांग, मणिपुर, नैनीताल, मसूरी, कश्मीर, सिंध, खैबर पास समेत उत्तर भारत के प्रमुख शहरों का दौरा किया। इसके अलावा जनवरी-फरवरी, 1933 में महाराजा बीर बिक्रम माणिक्य ने पश्चिमी और मध्य भारत का सघन दौरा किया। इन क्षेत्रों के तहत आने वाले सभी शहरों का उन्होंने दौरा किया और वापस अगरतला लौटे। जून 1940 में पुरी में

महारानी कंचन प्रभा देवी के साथ बीर बिक्रम (त्रिपुरा कैसल, शिलांग)

आयोजित अखिल भारत बंग साहित्य सम्मेलन की अध्यक्षता करने के लिए वे उड़ीसा गए। इसके अलावा शासन कार्यों की वजह से कलकत्ता, दिल्ली और बॉम्बे सरीखे शहरों में उनका अक्सर आना-जाना लगा रहता था। वर्ष 1941 में उन्होंने 26 अगस्त से 5 सितंबर तक दक्षिण भारत के राज्यों की यात्रा की। इस दौरान उन्होंने बारिश के मौसम में उदाका से मंडलम, मदुरै, त्रिवेंद्रम, केप कोमोरिन, पेरियार लेक गेम सेंचुरी, रामेश्वरम्, त्रिचिनपल्ली, मद्रास और त्रावनकोर सरीखे शहरों की यात्रा की।

सम्मान एवं पुरस्कार

महाराजा बीर बिक्रम किशोर माणिक्य की शख्सियत का अंदाजा उनको मिले सम्मानों से भी लगाया जा सकता है। यों वे खुद भी दूसरों का सम्मान करने के मामले में उदार थे। दूसरों की क्षमता का आदर करते थे और ऐसे व्यक्तियों को सम्मान प्रदान करते थे।

वर्ष 1935 में उन्हें ब्रिटिश शासन की ओर से स्टार ऑफ इंडिया अवार्ड से नवाजा गया था। ब्रिटिश सरकार ने उन्हें नाइट कमांडर ऑफ द ऑडर ऑफ द स्टार ऑफ इंडिया नियुक्त किया। इसके बाद देश में जब भारत छोड़ो आंदोलन चल रहा था, उस वक्त ब्रिटिश सरकार ने वर्ष 1942 में महाराजा बीर बिक्रम को अपनी सेना वाहिनी के सबसे सम्मान जनक पद लैफ्टिनेंट कर्नल के पद से नवाजा। वर्ष 1935 में उन्हें, किंग जार्ज-V सिलवर जुबली मेडल भी प्रदान किया गया था। इसके अलावा उन्हें वर्ष 1945 में 'बर्मा स्टार अवार्ड' भी प्राप्त हुआ था। वर्ष 1946 में द्वितीय विश्वयुद्ध समाप्ति के बाद महाराजा को ब्रिटिश सरकार ने नाइट ग्रांड क्रॉस ऑफ द ऑडर ऑफ ब्रिटिश अंपायर सम्मान प्रदान किया। उनकी सर्वधर्म समभाव की नीति के लिए इस्लामिक संगठन अंजुमन-ए-इस्लामिया ने ब्रिटिश कोमिला शहर में एक बड़ी सभा आयोजित कर महाराजा बीर बिक्रम का सम्मान किया था। इस सभा में महाराजा ने बड़ा ही प्रभावी भाषण दिया था। वहीं महाराजा भी दूसरों के कामकाज का आदर करते थे। कविगुरु रवींद्र नाथ ठाकुर को 'भारत भास्कर' सम्मान से नवाजा जाना बताता है कि दूसरे के कार्यों को न सिर्फ

वे मान्यता देते थे, बल्कि उन्हें सम्मान प्रदान करते थे। महाराजा बीर बिक्रम माणिक्य ने टीसीएस और अन्य अधिकारियों को विशेष उपलब्धि के लिए अवार्ड और सम्मान देने का कार्य प्रारंभ किया। हालाँकि उनके जरिए दिए जाने वाले सम्मान की राशि अधिकांश तौर पर नकदी के रूप में प्रदान की जाती थी। प्रत्येक वर्ष दो अधिकारियों को विजय-दशमी दरबार के अवसर पर सम्मान प्रदान किया जाता था। सम्मान प्राप्त करने वाले पहले अधिकारी को 701 रुपए और दूसरे को 252 से 301 रुपए तक की राशि ईनाम स्वरूप प्रदान की जाती थी। इसके अलावा महाराजा ने उनके प्रशासन में बेहतर कार्य करनेवाले निचले स्तर के अधिकारियों और कर्मचारियों के लिए भी ईनाम स्वरूप सम्मान देने की शुरुआत की। इस श्रेणी में प्रत्येक वर्ष तीन कर्मचारी को ईनाम मिलता था। पहले को 251 रु., दूसरे को 151 रु. और तीसरे को 101 रु. की नकद राशि इनाम स्वरूप प्रदान की जाती थी। श्री प्रमादा रंजन भट्टाचार्य, बीए, टीसीएस, जो कि चकला रोशनाबाद जमींदारी के उप-मैनेजर थे, उन्हें प्रथम श्रेणी का सर्वाधिक राशि वाला 701 रु. का नकद पुरस्कार महाराजा बीर बिक्रम द्वारा प्रदान किया गया था। द्वितीय पुरस्कार शशांक भूषण राय, टीसीएस, बेहतर प्रदर्शन के लिए दूसरे नंबर का 301 रुपए का पुरस्कार प्राप्त हुआ था। तीसरे नंबर का पुरस्कार प्रफुल्ल कुमार भट्टाचार्य, जो कि लेखा विभाग में लेखाकार थे, उन्हें 251 रुपए का पुरस्कार हासिल हुआ था।

बेहतर शिक्षा प्रदान करनेवाले शिक्षकों को पुरस्कार

अधिकारियों और कर्मचारियों के बाद महाराजा बीर बिक्रम किशोर माणिक्य ने स्कूली शिक्षकों को भी पुरस्कार देने की शुरुआत की। यह व्यवस्था परिणामजनक थी। मुफस्सिल इलाकों में जिस स्कूल के बच्चों का 10वीं में प्रदर्शन सबसे बेहतर होता था, उस स्कूल के प्रधानाचार्य को पुरस्कार देने की व्यवस्था महाराजा बीर बिक्रम ने शुरू की। इस श्रेणी के तहत आर.के.

संस्थान, कैलाशर के प्रधानाचार्य प्रहलाद चंद्र बर्मन राय को सबसे पहले 120 रुपए का पुरस्कार प्राप्त हुआ।

महाराजा की सबके साथ सबको सम्मान की नीति का इजहार करती यह तस्वीर

सम्मानस्वरूप मिलनेवाले पद

अपने अधिकारियों और कर्मचारियों को नकदी ईनाम देकर उनका उत्साहवर्धन करने के अलावा महाराजा बीर बिक्रम किशोर माणिक्य ने अपने राज्य के काबिल एवं पात्र लोगों और राज्य सरकार के अधिकारियों को पद एवं पदवी देकर उनका सम्मान बढ़ाने का कार्य शुरू किया था। उन्होंने दीवान बहादुर, दीवान और नायब दीवान की पदवी से लोगों को नवाजने का कार्य शुरू किया। प्रत्येक वर्ष प्रदान की जाने वाली इस पदवी में 2 लोगों को दीवान बहादुर, 4 लोगों को दीवान और अधिकतम 6 लोगों को नायब दीवान की पदवी प्रदान करने की व्यवस्था थी।

शासन–प्रशासन के अलावा समाज के हर स्तर और वर्ग में कार्य संस्कृति विकसित करने और उत्पादकता बढ़ाने के मकसद से महाराजा बीर बिक्रम ने सम्मान स्वरूप कई प्रकार की पदवियों की शुरुआत की। इनमें सैन्य पदवी भी शामिल थी। लैफ्टिनेंट रामेंद्र किशोर देब बर्मा को मानद कैप्टन की पदवी प्रदान की गई थी। महाराजा खैरागढ़ बीरेंद्र बहादुर सिंह को प्रथम त्रिपुरा राइफल्स से मेजर की पदवी प्रदान की गई थी। अगरतला के गुरुचरण आचार्य को 'ज्योतिष रत्नाकर' की उपाधि से महाराजा बीर बिक्रम ने नवाजा था। इसी प्रकार राज प्रसाद चौधरी को उदयपुर डिविजन का 'चौधरी' बनाए जाने का उल्लेख है। इससे स्पष्ट होता है कि महाराजा बीर बिक्रम के शासन में 'चौधरी' की पदवी भी लोगों को सम्मान स्वरूप प्रदान की जाती थी।

रियांग नेताओं को सम्मान

महाराजा बीर बिक्रम माणिक्य का शासन 'सबका साथ–सबका विकास' के आधार पर ही संचालित होता था। उसके शासन में रियांग नेताओं को भी सम्मान प्रदान किए गए। रियांग को पुरस्कार दिए जाने की व्यवस्था को 'खेलात' कहा जाता था। खेलात के तहत मिलने वाले सम्मान के अंतर्गत नेताओं को सोने के सिक्के, सोने का नादंग, चाँदी की चूड़ी, साल, कपड़ा, ऊनी कपड़ा, अंग वस्त्र, कुर्ता, धोती, चादर, चाँदी का कटोरा, सुराही और रिसा भेंट किए जाते थे। रियांग समुदाय के दो नेताओं को 'खेलात सम्मान' प्रदान किया जाता था।

□

सैन्य शक्ति

महाराजा बीर बिक्रम खुद भी सैन्य प्रशिक्षण से लैस थे। इसलिए सेना का महत्व उन्हें बखूबी मालूम था। शासन सँभालने के बाद उन्होंने त्रिपुरा की सैन्य क्षमता में सुधार के लिए विशेष ध्यान दिया। उन्होंने कई नई सैन्य कंपनियों की स्थापना की। उन्होंने 'त्रिपुरा राईफल्स' की स्थापना की, जिसे प्रथम बीर बिक्रम कंपनी के नाम से जाना जाता है। इसकी स्थापना महाराजा बीर बिक्रम ने वर्ष 1926-27 के बीच की थी। दूसरी कंपनी की स्थापना वर्ष 1928-29 में हुई। भारतीय राज्य बल के रूप में इन सैन्य कंपनियों को वर्ष 1932 में मान्यता मिली। महाराजा ने जिन दो कंपनियों का गठन किया, उनका संचालन वे खुद करते थे। इन सैन्य कंपनियों के कर्नल भी वे स्वयं थे। बाकी सहयोगी के रूप में उन्होंने लेफ्टिनेंट कर्नल कुमार, डायना मोहन देब बर्मन बहादुर, लेफ्टिनेंट राज कुमार ब्रजलाल देब बर्मन बहादुर, कैप्टन राणा झापत और दो सिविलियन क्लर्क प्रभु चंद्र बर्धन और हीरंबा लाल गांगुली को अपने साथ रखा था। इन लोगों ने मिलकर 200 सैनिकों को प्रशिक्षण प्रदान किया था। इन दोनों सैन्य कंपनियों से राजा का दिल से लगाव था, इसलिए इनके कार्य भी अच्छे ढंग से चल रहे थे। यह कार्य महाराजा बीर बिक्रम का सबसे बड़ा कार्य था। चूँकि सैन्य बलों में उनकी निजी रुचि थी, इसलिए वे सेना पर विशेष ध्यान देते थे। भारतीय सेना से सेवानिवृत्त कुछ पूर्व सैनिकों को उन्होंने विशेष तौर से अपने साथ लेकर सेना को प्रशिक्षण देने के कार्य में जुटाया। काफी संख्या में जमादार और

एनसीओ स्तर के सैनिकों को 8वीं गोरखा राइफल्स के पास ट्रेनिंग के लिए शिलांग भेजा। वहाँ से लौटने के बाद ये काफी लाभदायी रहे। इससे पहले सेना में भर्ती के लिए लोग नहीं मिलते थे। लेकिन जब गोरखा राइफल्स से प्रशिक्षण पाकर जवान वर्दी में लौटे, तो यहाँ के युवाओं में सेना के लिए उत्साह बढ़ गया और सैन्य भर्ती के लिए लोगों की कतारें लग गईं।

सैन्य मार्च, अगरतला

महाराजा बीर बिक्रम किशोर माणिक्य की सैन्य शक्ति का भी दुनिया ने लोहा माना है। द्वितीय विश्वयुद्ध के दौरान उन्होंने ब्रिटिश सेना के साथ अपने त्रिपुरा के सैनिकों को भी युद्ध में भेजा। वर्ष 1943 में जापान ने राज्य के कई अहम इलाकों में हवाई हमले के जरिए भारी बम बारी की। इस दौरान राज्य में उपजे हालात के मद्देनजर सड़क व्यवस्था सुदृढ़ करने और सैन्य ताकत को मजबूत बनाने की जरूरत महसूस की गई। भारी खर्च और पैसे की परवाह किए बिना महाराजा ने सैन्य ताकत को मजबूत बनाने की कवायत की। किसानों तक को सैन्य ट्रेनिंग दी गई और उन्हें आपात स्थिति में युद्ध का सामना करने लायक बनाया। वर्ष 1941 में 7 से 9 सितंबर तक दिल्ली में आयोजित राष्ट्रीय रक्षा परिषद् की बैठक में वे शामिल हुए।

सैन्य बल के साथ महाराजा बीर बिक्रम किशोर माणिक्य

वर्ष 1943 में द्वितीय विश्वयुद्ध के चरम के बीच त्रिपुरा के पहले बीर बिक्रम माणिक्य राइफल को ब्रिटिश भारत सरकार के साथ भेजने को तैयार रखा। अन्य सभी बलों को युद्ध के लिए तैयार रहने के आदेश दिए गए। गुरिल्ला युद्ध शैली के लिए विशेष दस्ते को प्रशिक्षण देकर तैयार किया गया। एक अन्य दस्ता, जिसे त्रिपुरा राज्य रक्षा वाहिनी नाम दिया गया; उसे राज्य सीमा पर चौकसी एवं निगरानी के लिए तैनात किया गया। पुलिस बलों का विस्तार कर उन्हें आधुकि हथियारों से लैस किया गया। राज्य की सामरिक सुरक्षा के लिए सैन्य प्राधिकरण के आग्रह पर सड़कों और अन्य भवनों का प्राथमिकता के आधार पर निर्माण करवाया गया। महाराजा बीर बिक्रम ने युद्ध फंड के लिए तत्काल 90 हजार की राशि प्रदान की। भारत सरकार ने वर्ष 1930 में पहली दफा प्रथम त्रिपुरा बीर कंपनी को राज्य सैन्य बल के रूप में प्रथम श्रेणी के दर्जे की मान्यता प्रदान की। वर्ष 1942-43 में पहली त्रिपुरा राइफल्स और त्रिपुरा महावीर विजयन ने भारतीय सेना की 40वीं बटालियन के साथ सीमारेखा की रक्षा के लिए अराकन में कार्य किया और भारी संख्या में जापानी सैनिकों का

शाही सवारी, उत्तर गेट, अगरतला

संहार किया। इससे त्रिपुरा की सैन्यशक्ति का पता चलता है। त्रिपुरा की सेना बर्मा में जाकार जापानी सैनिकों के साथ बहादुरी से लड़ी थी। युद्ध समाप्त होने के बाद वीरता के लिए त्रिपुरा की सेना को ब्रिटिश शासन से पुरस्कार प्राप्त हुआ। द्वितीय विश्वयुद्ध के दौरान त्रिपुरा पर भी खतरे का संकट मँडरा रहा था, लेकिन महाराजा ने मित्र राष्ट्रों की सुरक्षा का ख्याल किया और मदद के लिए अपनी सेना भेजी। त्रिपुरा की पहली बटालियन ने बर्मा में जापानी सेना से लोहा लिया और जीत हासिल की। उसके इस उल्लेखनीय साहस की गाथा खुद फील्ड मार्शल सर क्लॉड कमांडर-इन-चीफ ने 9 फरवरी, 1946 को महाराजा को संबोधित अपने पत्र में दर्ज की। त्रिपुरा राइफल के जाँबाज कारनामों पर उन्होंने महाराजा को बधाई दी और उनके कार्यों की सराहना की।

युद्ध वाहिनी गठन

द्वितीय विश्व युद्ध के हालातों के दौरान महारजा बीर बिक्रम ने राज्य की सुरक्षा सुनिश्चित करने के मद्देनजर राज्य रक्षा दल, चौदह देवता दल, पल्ली रक्षा समिति और पल्ली रक्षा दल सरीखे सुरक्षा दलों का गठन किया। ये दल होम गार्ड और ग्राम्य गार्ड सरीखे थे। इनका कार्य गाँव की रक्षा और उनकी देखभाल करना था, ताकि बाहर के लोग आकर कुछ अशांति उत्पन्न न करें।

सड़क निर्माण में तेजी

युद्ध के दौरान सैन्य बलों को त्वरित मदद पहुँचाने के मकसद से द्वितीय युद्ध के दौरान वर्ष 1942 में महाराजा ने त्रिपुरा के सड़क निर्माण कार्यों को को तेज कर दिया। कोमिला से सोनामुरा, सोनामुरा से अगरतला सड़क मार्ग का सुधारकर उसे योग्य बनाया गया। अगरतला से फटीकछरा, फटीकछरा से सिमना सड़क मार्ग और अगरतला एयर फील्ड रोड की मरम्मत कर उसे यातायात परिचालन के लिए बेहतर बनाया गया। इसके अलावा टेलीफोन लाइनों का विस्तार अगरतला और आसपास के इलाकों तक किया गया।

द्वितीय विश्व-युद्ध के समय जंग-ए-मैदान की ओर कूच करती शाही सेना

सैनिकों को बाहर भेजने के मामले में समिति का गठन

हर कार्य की तरह महाराजा ने सैनिकों को युद्ध के लिए बाहर जंग-ए-मैदान में भेजने के मामले में भी एक समिति का गठन किया था। इस समिति का सभापति आदित्य किशोर को बनाया गया था। इसमें सदस्य के रूप में हेमंत किशोर, रमेंद्र किशोर, राणा दहल जंग बहादुर, उजीर कमल कृष्ण, ठाकुर हिरण्य कुमार देबबर्मा, ठाकुर जोगेंद्र देबबर्मा और अनिल कुमार सरीखे अहम लोगों को रखा गया था।

ত্রিপুরা সেনাবাহিনীর অন্যতম অধিনায়ক কর্নেল মহিমচন্দ্র দেববর্মা

ত্রিপুরা সেনাবাহিনীর চৌকষ পাঁচজন সামরিক কর্মকর্তা

ত্রিপুরা জাতির ইতিহাস ও সংস্কৃতি ৪০৬

TRIPURA STATE.

UJJAYANTA PALACE,
AGARTALA.

A note on the State's War Activities.

--:0:--

During the beginning of the War we offered the State Service Unit - The 1st Tripura Rifles (whose strength was increased and properly reorganised as half battalion with 3 Coys.) for services outside the State.

In anticipation of this Unit moving out to British India, we increased for our own Internal Security, the Bodyguards from 1 Platoon to 3 Platoons, and the 2nd Tripura Infantry from 2 Platoons to 3 Platoons (exact strength may be given). We also increased the Armed Police from 1 Platoon to 3 Platoons (exact strength may be given). Over and above these we organised a Training Coy. as a reinforcement for the 1st Tripura Rifles. We also organised 1 Platoon of Palace Auxiliary from amongst the servants of the Palace and 2 Platoons of Volunteers Militia from amongst the Thakurs.

All these expansions of Armed Forces, re-equipping the 1st Tripura Rifles, training men, I.Os. and S.Os. cost the State from the beginning of the War till the end of 1941, Rs. . This expansion of Armed Forces were thought necessary for the Internal Security of the State as the State Service Unit - The 1st Tripura Rifles would not be available for the same.

After the 1st Tripura Rifles left the State, the War situation has changed as Japan came into it. The State had to thoroughly organise Civil Defence, training the Civic Guards in fire fighting etc. etc. and also in A.R.P.. Japan's coming into the War also brought the State near the War Zone and after consulting the Resident, we thought it necessary to increase the strength of the Bodyguards and the 2nd Tripura Infantry by 2 Platoons. We are also organising an Irregular Force of considerable number in co-operation with the Sardars of different hill tribes, Some of the duties of this Irregular Force, who will be distributed in the interior of the State, will be to inform the Head Quarters of the State Forces about enemy activity such as landing of Parachutists, infiltration of enemy personnel (may be disguised as Burmese or other allied people) and of Fifth Column activities. This Irregular Forces will also relieve some 4 Platoons of Troops from the Bodyguards and

TRIPURA STATE.

UJJAYANTA PALACE.
AGARTALA.

the 2nd Tripura Infantry from Internal Security duties for special training in Jungle and guerilla warfares in case such warfare may be necessary in the State by enemy action.

From the above note it will be seen that the State's Aid to the Defence of India may be divided into the following 4 Categories:-

1. Direct Aid to the Defence of India by placing the services of the 1st Tripura Rifles with the Indian Army and by maintaining a Depot consisting of a Coy. as a reinforcement for the above Unit.
2. Indirect Aid to the Defence of India by maintaining adequate Force for Internal Security of the State.
3. Direct Aid to the Defence of India by organising Forces to combat against enemy troops whenever or wherever found in the State.
4. By organising Civil Defence and A.R.P..

It may be noted that the State has also offered to raise one complete Garrison Coy. for Garrison duties in India.

INDIVIDUALISM OF THE GUERILLA TROOPS

[illegible]

P.T. & Camouflage
Night marching
Snap shooting [illegible]
Lecture on fifth Column

सैनिकों की सुविधा में बढ़ोत्तरी

युद्ध की परिस्थिति में सेना का मनोबल ऊँचा रहे, इसके लिए महाराजा बीर बिक्रम ने सैनिकों की सुविधा बढ़ाने में कोई कसर नहीं छोड़ी। समय-समय पर उन्हें प्रोत्साहनस्वरूप विभिन्न प्रकार की उपाधियों से नवाजा। सैनिकों के उत्सवाहवर्धन के लिए वर्ष 1942 में उन्होंने मेजर की उपाधि प्रदान की।

आयुध भंडार के लिए आदेश

सेना के लिए आयुध आपूर्ति सुनिश्चित करने के लिए महाराजा बीर बिक्रम किशोर माणिक्य ने वर्ष 1940 में आयुध भंडार बनवाया। इसके लिए राज्य के सभी कर्मचारियों से उन्होंने सहयोग के रूप में चंदा एकत्र किया। जो कर्मचारी चंदे की एकमुश्त राशि दे पाने में सक्षम नहीं थे, उन्हें 6 किश्तों में चंदे की राशि अदा करने की व्यवस्था की गई। इसके जरिए खजाने में 40 हजार रुपए एकत्रित हुए।

राज्य के जरिए युद्ध राशि का एकत्रीकरण

युद्ध के खर्च का भार केवल जनता पर ही नहीं डाला गया, बल्कि राज्य शासन भी इसका भागीदार बना। राज्य के जरिए विशेष रूप ये युद्ध राशि जुटाई गई। आम नागरिकों के जरिए युद्धकोष में 44 हजार रुपए एकत्रित हुए।

सैन्य भर्ती को बढ़ावा देने के लिए कदम

सेना में युवाओं को आकर्षित करने और सैन्यशक्ति को बढ़ावा देने के लिए 26 दिसंबर, 1941 को महाराजा के निर्देश पर सैन्य कर्मियों के बच्चों के लिए शैक्षणिक खर्च पर छूट की व्यवस्था की गई। अगरतला की सुरक्षा सुनिश्चित करने के लिए रणनीति के तहत शहर को 5 क्षेत्रों में बाटाँ गया। पुलिस, सेना और सैन्य बल एक साथ मिलकर कार्य करते थे। रक्षा वाहिनी

लोगों को युद्ध के हालात से अवगत कराते हुए उन्हें जोखिम से बचने के लिए प्रशिक्षण प्रदान करती थी। यदि फाइटर प्लेन से कोई बम या मिसाइल दागता है तो उससे कैसे अपना बचाव करना है, इस आशय का प्रशिक्षण सामान्य-जन को भी दिया गया था। अगरतला के विक्टोरिया मेमोरियल अस्पताल के कर्मियों को आपात परिस्थितियों में उपचार कौशल की विशेष ट्रेनिंग दी गई।

युद्ध के दौरान मूल्य नियंत्रण

द्वितीय विश्वयुद्ध के दौरान सब्जी और खाद्य पदार्थों के मूल्यों में भारी वृद्धि हो गई थी। उसे नियंत्रित करने के लिए महाराजा बीर बिक्रम किशोर

शाही सेना का मार्च

माणिक्य ने फूड कंट्रोल विभाग बनाया। इस विभाग का कार्य खाद्य सामग्री के मूल्यों की निगरानी करना था। लोगों को निर्देश दिया गया कि वस्तु खरीद के समय वे दुकानदार से पर्चा जरूर लें। खरीद के बाद उपभोक्ता को पर्चा देना अनिवार्य बनाया गया। पर्चा न देने वाले दुकानदार के लिए कड़े दंड के साथ तीन साल की सजा और भारी जुर्माने का प्रावधान किया गया।

राशन व्यवस्था की शुरुआत

युद्ध के दौरान उपजे हालातों पर नियंत्रण पाने और आम आदमी को सस्ती दरों पर खाद्य पदार्थ मुहैया कराने के मकसद से महाराजा बीर बिक्रम किशोर माणिक्य ने वर्ष 1944 में राशनिंग व्यवस्था की शुरुआत की। 250 रुपए से अधिक की आमदनी वाले परिवार को राशन कूपन से अलग रखा गया। उन्होंने राज्य के प्रत्येक नागरिक से खाद्य पदार्थों को उगाने का आग्रह किया। उनके आह्वान का राज्य की जनता पर गहरा असर हुआ। हर व्यक्ति ने अपने नजदीक की खाली जगहों पर खाद्य पदार्थों की खेती शुरू कर दी।

जातीय आधार पर वर्जित व्यवसाय को त्यागने का आह्वान

युद्ध काल के दौरान खाद्य पदार्थों की कमी की भरपाई के लिए महाराजा बीर बिक्रम ने जातीय आधार पर वर्जित व्यवसायों को समाज से त्यागने का आह्वान किया। बाद में इसके लिए गजट नोटिफिकेशन भी जारी किया। दरअसल जातीय व्यवस्था के कारण ब्राह्मण समुदाय के लोगों के बीच बकरी, मुर्गी और हंस पालन वर्जित था। लेकिन महाराजा ने इस प्रथा को त्यागने की अपील करते हुए समाज के सभी जाति धर्म के लोगों से बिना भेदभाव के इस व्यवसाय को अपनाने का आग्रह किया, ताकि युद्ध के हालात में इन वस्तुओं की आपूर्ति बाधित न हो।

युद्धकोष में सहयोग

महाराजा बीर बिक्रम ने वर्ष 1942 में युद्धकोष के रूप में इंडियन रेडक्रॉस सोसायटी को 20,000 रु., सेंट जॉन एंबुलेंस एसोसिएशन को 20,000 रु., सेंट डंस्टन फंड को 20,000 रु., वायसराय वार परपस फंड को 30,000 रु. और अन्य को 2,11,488 रुपए प्रदान किए।

सामाजिक उत्सव में महाराजा

No. 117030/P.S.4(b).

It is requested that in any further communication on this subject, the above number may be quoted, and the letter addressed to—
"The Commander-in-Chief in India,
Gen. ~~Army~~ Headquarters,
India."

General
~~Army~~ Headquarters, India

New Delhi, 23rd Nov. 1945

Dear Maharaja Sahib

It is with great pleasure that I write to inform Your Highness that you have qualified for the Burma Star.

A claim for the decoration, which is necessary in accordance with the prescribed rules, has been prepared by General Headquarters, India, and will be held on record here until such time as the actual STAR is available for issue. This, however, will not be for a considerable time. In the meantime, Your Highness may wear the ribbon pertaining to the decoration, a short length of which I enclose in case you have difficulty in obtaining it.

I am sorry it has taken so long to authorise this award, but assure you that this was unavoidable.

Yours sincerely

J. Auchinleck

Maj. His Highness Maharaja
Sir Bir Bikram Kishore Dev Varman Bahadur, K.C.S.I.,
Maharaja of Tripura.

NEW DELHI
3. Oct 46.

My dear Maharaja Sahib

On behalf of the Indian Army and myself I have much pleasure in presenting to Your Highness a Saluting Gun suitably inscribed in commemoration of the comradeship which existed between the Indian Army and Your Highness' Units which served under the Crown and in appreciation of their contribution to the common effort during the War 1939-45.

The Gun will be presented to Your Highness on my behalf by the Commander Calcutta Fortress Sub-Area on a date convenient to Your Highness.

The details of the ceremony, which it is proposed should be similar to the parade held on the occasion of the presentation of a Gun to me by the Supreme Allied Commander South East Asia, will be communicated in due course and I hope that they will meet with Your Highness' approval.

Yours sincerely

[signature] Auchinleck
F.M.

Lieutenant Colonel His Highness Maharaja
Manikya Sir Bir Bikram Kishore Deb Barman
Bahadur, GBE, KCSI,
Maharaja of Tripura,
AGARTALA (TRIPURA STATE)

बाल्यकाल एवं व्यक्तिगत जीवन

महाराजा बीर बिक्रम का जन्म 19 अगस्त, 1908 को हुआ था। उनके पिता का नाम महाराजा बीरेंद्र किशोर देब बर्मन बहादुर था। उनकी माता का नाम महारानी अरुंधती महादेवी था। महाराजा बीर बिक्रम किशोर माणिक्य बाल्यकाल से ही विलक्षण प्रतिभा के धनी थे। उनकी स्कूली और सैन्य शिक्षा शिलांग में संपन्न हुई। मगर उनके शैक्षिक गुरु त्रिपुरा के अनुकूल बाबू थे। उनको सैन्य शिक्षा से बहुत लगाव था। इसलिए उन्हें शिक्षा ग्रहण करने के लिए शिलांग भेजा गया। स्कूली शिक्षा के अलावा पोलो, संगीत, वास्तुकला, चित्रकारी और साहित्य में उनकी विशेष रुचि थी। अपने पिता की

बाल्य-काल में बीर बिक्रम

तरह महाराजा बीर बिक्रम को भी पोलो खेल से बेहद लगाव था।

यूरोपियन ओसी पूले महाराजा के गार्डियन शिक्षक बने। उनकी देखरेख में ही महाराजा ने अपनी उच्च शिक्षा पूरी की। सर्दियों में उनकी शिक्षा शिलांग के बजाय कोमिला में होती थी। महाराजा बीर बिक्रम के दिल में शिक्षा और शिक्षकों के प्रति गहरा लगाव था। इसका प्रमाण उनके राज्याभिषेक के आयोजन से भी मिलता है। शिक्षा ग्रहण के बाद राज्यभिषेक समारोह में शामिल होने वाले अतिथियों की सूची बनाते वक्त महाराजा ने ओसी पूले को सर्वोच्च स्थान पर रखा। महाराजा बेहद साहसी और निडर थे। जब वे बाल्यावस्था में थे, तब कॉलेज टिला के आसपास के क्षेत्र में हाथियों का आतंक मचा हुआ था। जंगली हाथी आम जनता के घर-मकान तोड़कर नुकसान पहुँचाते थे। हाथियों के तांडव से आम जन को बचाने के लिए बाल्यकाल में महाराज खुद ही मौके पर चले जाते थे और बंदूक एवं पटाखों की आवाज से हाथियों में भय पैदा कर उन्हें आबादी वाले इलाकों से बाहर भगा देते थे।

23 अगस्त, 1923 को उनके पिता बीरेंद्र किशोर माणिक्य का देहांत हो गया। इस वजह से वे अल्पायु में ही महाराजा बने। उनकी दूरदर्शिता की वजह से उम्र या अनुभव उनके शासन में कहीं आड़े नहीं आया। वर्ष 1925 में युवा महाराजा बीर बिक्रम के प्रशासनिक प्रशिक्षण की शुरुआत ओसी पूले, बाबू ऐजे दास, बाबू बृजेंद्र कुमार चट्टोपाध्याय और बाबू कमला प्रसाद दत्त की देखरेख में हुई। प्रशासनिक कामकाज की ट्रेनिंग प्रदान कराने के लिए उनके शिक्षक उन्हें चाकला रोशनाबाद बार्डर, सोनामुरा और उदयपुर लेकर गए। राज्य की पुरानी राजधानी उदयपुर की यात्रा महाराजा के लिए बेहद रोमांचकारी रही।

महाराजा बीर बिक्रम किशोर माणिक्य की गृहस्थी की शुरुआत 20 मई, 1928 को हुई। उत्तर प्रदेश के बलरामपुर की राजकुमारी कृतिमति देवी से 16 जनवरी, 1929 को उनका विवाह संपन्न हुआ। महाराजा के विवाह संस्कार की रस्म-अदायगी की शुरुआत 20 मई, 1928 को तिलक महोत्सव

बीर बिक्रम

युवावस्था में महाराजा

यात्रा के दौरान

महाराजा एवं महारानी

से हुई थी, मगर महाराजा बीर बिक्रम की जीवनसंगिनी के रूप में कृतिमति का साथ लंबा नहीं चल पाया था। 2 नवंबर, 1930 को महाराजा के जीवन में दुःख की घड़ी आई। इस दिन महारानी कृतिमति का देहांत हो गया। 28 मई, 1931 को मध्य प्रदेश के पन्ना की राजकुमारी कंचन प्रभा देवी के साथ महाराजा का दूसरा विवाह संपन्न हुआ।

महारानी कंचन प्रभा देवी

रबींद्र नाथ ठाकुर के साथ संबंध

महाराजा बीर बिक्रम किशोर माणिक्य द्वारा कवि गुरु रबींद्र नाथ ठाकुर को 'भारत भास्कर' सम्मान से नवाजा जाना ही दोनों के बीच रिश्तों को परिभाषित करता है। त्रिपुरा में रबींद्र नाथ ठाकुर का आना-जाना महाराजा बीर बिक्रम से पूर्व के तीन राजाओं के समय में जारी था। लेकिन महाराजा बीर बिक्रम सरीखा सम्मान किसी भी राजा ने कविगुरु को प्रदान नहीं किया था। इससे यह भी मालूम होता है कि महाराजा बीर बिक्रम अपने वंश के पूर्ववर्ती अन्य राजाओं से ज्यादा दूरदर्शी थे।

कविगुरु रबींद्र नाथ ठाकुर के साथ महाराजा

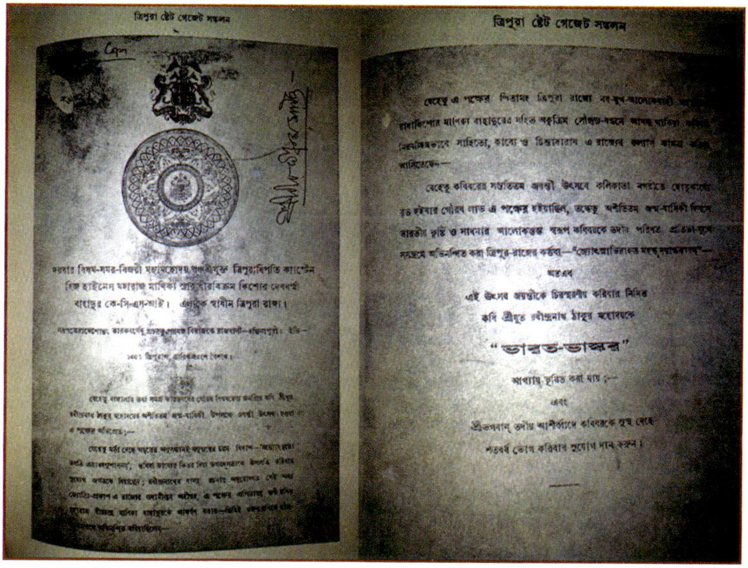

ত্রিপুরা ষ্টেট গেজেট সঙ্কলন

ত্রিপুরা ষ্টেট গেজেট সঙ্কলন

এই উৎসব অমৃতকে চিরস্মরণীয় করিবার নিমিত্ত
কবি শ্রীযুত রবীন্দ্রনাথ ঠাকুর মহোদয়কে
"ভারত-ভাস্কর"
আখ্যায় ভূষিত করা যায়;—
এবং
শ্রীভগবান্ তাঁহার আশীর্বাদে কবিবরকে সুস্থ দেহে
শতবর্ষ ভোগ করিবার সুযোগ দান করুন।

इससे यह भी साबित होता है कि महाराजा बीर बिक्रम को न सिर्फ साहित्य, कला और संगीत से गहरा लगाव था, बल्कि वे महान व्यक्तियों का आदर भी करते थे। महाराजा बीर बिक्रम के शासन में गुरुदेव रबींद्र नाथ ठाकुर बेशक एक बार ही त्रिपुरा की यात्रा पर आए। मगर दोनों के बीच रिश्ते बहुत गहरे थे। अपना शासन बेहतर चलाने के लिए महाराजा बीर बिक्रम अन्य महान व्यक्तियों के अलावा रबींद्र नाथ ठाकुर से भी मार्गदर्शन लेते रहते थे। तो ठाकुर भी साहित्य के मामलों में महाराजा बीर बिक्रम से सलाह लेते थे।

गुरुदेव रबींद्र नाथ ठाकुर का माणिक्य वंश के शासकों से गहरा संबंध रहा है। त्रिपुरा के शासक बीर चंद्र माणिक्य के साथ रबींद्र नाथ ठाकुर के जो संबंध बने वे महाराजा बीर बिक्रम माणिक्य के शासन तक कायम रहे। बीर बिक्रम माणिक्य त्रिपुरा के चौथे राजा थे, जिनके साथ रबींद्र नाथ का संबंध बना रहा। बीर बिक्रम से कविगुरु की पहली मुलाकात वर्ष 1925 में बृजेंद्र किशोर माणिक्य के घर पर हुई थी। वहाँ रास-नृत्य की प्रस्तुति चल रही थी।

उसमें रबींद्र नाथ ठाकुर भी मौजूद थे। कविगुरु की यह अंतिम त्रिपुरा

यात्रा थी। यानी बीर बिक्रम किशोर माणिक्य के शासन में कविगुरु का त्रिपुरा में आगमन केवल एकबार हुआ, मगर महाराजा बीर बिक्रम माणिक्य उनकी रचनाओं के कायल थे। ठाकुर से मुलाकात के वक्त बीर बिक्रम की उम्र महज 16 वर्ष थी। वे कहीं यात्रा पर जा रहे थे, मगर उनके आने की खबर सुन वे वापस अगरतला लौटे और उनसे मुलाकात की। इससे स्पष्ट होता है कि महाराजा बीर बिक्रम विद्वान व्यक्तियों का कितना आदर करते थे और उन्हें सम्मान देते थे। उसके बाद कवि ने राजा के साथ 'राजमाला' और 'गीत चंद्रोदय' नामक पुस्तक पर चर्चा की। उसके बाद कवि ने राजा से आग्रह किया कि वे त्रिपुरा में बनी इमारतों की देखभाल सही ढंग से करें। त्रिपुरा में बने पौराणिक भवन बहुत सुंदर हैं।

वर्ष 1925 में अगरतला के किशोर साहित्य समाज की ओर से एक भव्य समारोह में गुरुदेव रबींद्र नाथ ठाकुर का सम्मान हुआ। इस सम्मान समारोह में स्वयं गुरुदेव भी उपस्थित थे। गुरुदेव के आग्रह पर महाराजा बीर बिक्रम वर्ष 1939 में कोलकाता के शांति निकेतन गए। उनके साथ कुछ महान व्यक्तित्व भी साथ गए। गुरुदेव ने खुद उत्तनारायण गेस्ट हाउस में महाराज के रहने

कविगुरु रबींद्र नाथ ठाकुर के साथ महाराजा

की व्यवस्था की। शांति निकेतन के मेंगो ग्रुव में महाराजा के सम्मान में गर्मजोशी भरा संबोधन दिया। महाराजा के सम्मान में चंडालिका नृत्य एवं ड्रामा का मंचन किया गया।

महाराजा बीर बिक्रम ने 1931 में कवि गुरु रबींद्र नाथ ठाकुर के 70वें जन्म दिवस पर कोलकता के टाउन हॉल में शिल्प प्रदर्शनी का आयोजन करवाया। इस आयोजन में वे खुद भी उपस्थित रहे। कवि के साथ महाराजा बीर बिक्रम विश्व भारती गए और रंगमंच के विस्तार के लिए 20 हजार रुपए देने की घोषणा की। वर्ष 1926 में त्रिपुरा की 7वीं और अंतिम यात्रा के वक्त रबींद्र नाथ ठाकुर अल्प समय के लिए ही अगरलता में रहे। लेकिन उस अल्प यात्रा में भी उनका कार्यक्रम बेहद व्यस्त था। इस बीच उन्होंने प्रतापगढ़ कृषि फार्म का भी दौरा किया। रास-नृत्य में भाग लिया। बीर बिक्रम के साथ दरबार में बैठकी कर राजमाला और गीता चंद्रोदय के संपादकीय पर भी उन्होंने चर्चा की। उन्होंने महाराजा से पौराणिक महत्व के स्थानों और मंदिरों का संरक्षण करने के मामले पर चर्चा की। कुंजबन में रहते वक्त अपने अच्छे क्षणों में ठाकुर ने बसंत के प्रेम-प्रसंग से जुड़े 5 गानों 'डोला प्रेमेर डोलना चंपा, फाल्गुने नवीन आनंद, ऐशो आमर घरे ऐशो, बोने यदि फूटलो कुसुम और आपन हारा मातोआरा' की रचना की।

□

त्रिपुरा ही नहीं, पूरे पूर्वोत्तर भारत का चेहरा रहे

महाराजा बीर बिक्रम का प्रभाव महज त्रिपुरा तक ही सीमित नहीं था। उनकी राजनीतिक क्षमता और सक्रियता को देखकर लगता है कि वे पूरे पूर्वोत्तर भारत का प्रतिनिधित्व करते थे। विभिन्न जगहों पर इस बात का वर्णन है कि महाराजा बीर बिक्रम के शासन काल में पूर्वोत्तर राज्यों के हित के लिए त्रिपुरा कभी पीछे नहीं हटा। महाराजा ने राज्यहित पर क्षेत्रीय हितों को तवज्जो दी। वे पूरे क्षेत्र की चिंता करते थे। महाराजा और उनके मंत्री 28-29 दिसंबर 1926 को पूर्वोत्तर भारत एजेंसी के लिए बनी प्रिंसेस की बैठक में शामिल हुए। उन्होंने वायसराय के विशेष प्रतिनिधि एसी लोथियान से अलग से मुलाकात कर उनसे प्रस्तावित फेडरेशन के मामले में चर्चा की। 25 मई, 1938 को चैंबर ऑफ प्रिंसेस की बैठक में उन्हें इस मामले में सफलता हासिल हुई। चैंबर ऑफ प्रिंसेस के जरिए राजा और मंत्रियों को लेकर आयोजित इस बैठक में चेंबर के संविधान में संशोधन कर पूर्वोत्तर राज्यों से प्रतिनिधियों की संख्या बढ़ाने का फैसला हुआ। मई, 1939 को उन्होंने पूर्वोत्तर भारत के सभी निवासी आयुक्तों को इस आशय का संदेश भेजा कि फेडरेशन बनाने के लिए वे हर संभव सहायता करेंगे। साथ ही उन्होंने सभी राज्यों को आश्वस्त किया कि यदि फेडरेशन बनाने में राज्यों की अधिक संख्या आड़े आई तो पूर्वोत्तर के हित के लिए त्रिपुरा अपना दावा छोड़ देगा। हालाँकि द्वितीय विश्व युद्ध से

उत्पन्न बाधाओं की वजह से अखिल भारतीय स्तर पर फेडरेशन बनाने की भारत सरकार की पहल परवान नहीं चढ़ सकी। लेकिन इस पहल से महाराजा बीर बिक्रम की छवि पूर्वोत्तर भारत हितैषी नायक के रूप में उभरी।

महाराजा और उनकी शाही कार

वर्ष 1939 में राज्य के दीवान बी.के. सेन के चैंबर ऑफ प्रिंसेस की समिति से सेवानिवृत्त होने के बाद समिति में रिक्त हो रही इस सीट के लिए महाराजा बीर बिक्रम ने अपने राजस्व मंत्री जी.एस. गुहा के नाम का प्रस्ताव किया। जिस पर पूर्वोत्तर के सभी राजयों ने मुहर लगाई। चैंबर ऑफ प्रिंसेस में पूर्वोत्तर भारत के राज्यों में त्रिपुरा का दबदबा इस कदर बरकरार रहा।

फेडरेशन की पहल को आगे बढ़ाते हुए महाराजा बीर बिक्रम ने वर्ष 1947 के शुरुआत में पूर्वोत्तर भारत के सभी पड़ोसी राज्यों और राजघरानों को एक क्षेत्रीय फेडरेशन के बैनर तले एकजुट करने का प्रयास किया। इस प्रयास में वे शिलांग भी गए और वहाँ खासी और जयंतिया समुदायों के प्रमुखों से मुलाकात कर उनसे चर्चा की। इसके अलावा उन्होंने फेडरेशन

जीवन के कुछ अनछूए पल

हीरण का शिकार

शाही गाड़ी के साथ

सामाजिक उत्सव

के बाबत चकमा, मोग, कुकी, हलाम, लूसाई, रियांग और जमातिया प्रमुखों को अगरतला के अपने महल में आमंत्रित किया था। इसके बाद भारत का संविधान बनाने के लिए महाराजा बीर बिक्रम ने अपने राजस्व मंत्री बाबू गिरजा शंकर गुहा को भारतीय संविधान समिति के लिए नामित किया और गुहा ने इस समिति में त्रिपुरा का बखूबी प्रतिनिधित्व किया।

□

संदर्भ

1. अन्य बीर बिक्रम — पन्नालाल राय
2. आधुनिक त्रिपुरा प्रसंग बीर बिक्रम किशोर माणिक्य — डॉ. द्विजेंद्र नारायण गोस्वामी
3. त्रिपुरा इतिहास — डॉ. जगदीश गन चौधरी
4. त्रिपुरा राजमाला — श्री पुररंजन प्रसाद चक्रवर्ती
5. माणिक्य शासनाधीन त्रिपुरार इतिहास — डॉ. नलिनी रंजन राय चौधरी
6. राजमाला व त्रिपुरार इतिहास — भूपेंद्र चंद्र दत्त
7. 'होली' महाराजा बीर बिक्रम किशोर माणिक्य बहादुर — डॉ. रंजित कुमार देव
8. ए कनस्टिटयूशनल हिस्ट्री ऑफ त्रिपुरा — डॉ. जगदीश गण चौधरी
9. एन इकोनॉमिक हिस्ट्री नॉर्थ इंडिया, 1826-1947 — जलद वरन गांगुली
10. ब्रिटिश रिलेसन्स विथ द स्टेट ऑफ त्रिपुरा — डॉ. हीरेंद्र सूर
11. इंडियन स्टेट त्रिपुरा — प्रो. सरण जोशी

12. प्रिंस्ली त्रिपुरा — राखाल मजुमदार, अलक देव

13. रबींद्र नाथ ठाकुर एंड त्रिपुरा — सुरेंद्र देव वर्मन

14. त्रिपुरा एन इम्पीरीकल मल्टिडिसप्लिनरी स्टडी — श्यामल दास

विशेष— 1. पाठकों को सहूलियत को ध्यान में रखते हुए महाराजा बीर बिक्रम किशोर माणिक्य बहादुर के नाम को पुस्तक में संक्षिप्त रूप में बीर बीर बिक्रम किशोर माणिक्य और महाराज लिखा गया है। कृपया इसे सादर ग्रहण करें।

2. पाठकों से निवेदन है, इस ग्रंथ में वर्णित विषयों को पढ़कर अपने सुझाव एवं परामर्श हमें साझा करें। आपके सुझावों पर अलगे अंक में अमल करने की कोशिश करेंगे।

□□□